Kurt Lehmkuhl: Die Aachen-Mallorca-Connection

AF175956

Kurt Lehmkuhl

Die Aachen-Mallorca-Connection

Kriminalroman

(Mörderisches Aachen Band 4)

Bibliografische Information der Deutschen Nationalbibliothek: Die Deutsche Nationalbibliothek verzeichnet diese Publikation in der Deutschen Nationalbibliografie; detaillierte bibliografische Daten sind im Internet über www.dnb.de abrufbar.

Dieser Roman wurde 1999 im Meyer & Meyer Verlag, Aachen erstmals veröffentlicht. Der Abdruck erfolgt mit freundlicher Genehmigung des Gmeiner-Verlags, Meßkirch. Er veröffentlicht diesen Roman in seiner Reihe „E-Book only", ISBN 978-3-7349-9239-1.

©2021
Herstellung und Verlag: BoD – Books on Demand, Norderstedt.
ISBN 9783754334287

Mallorca-Experte

Ich konnte mir nur noch mit dem Zeigefinger gegen die Stirn tippen und den Mund zu einem spöttischen Grinsen verziehen, nachdem der ungehobelte Mann mein Büro verlassen hatte. Mit was für einen Unsinn hatte ich mich bloß zu beschäftigen? Am liebsten hätte ich den Typen schleunigst aus der Kanzlei hinauskomplimentiert und an einen hungerleidenden Kollegen verwiesen. Aber Karl Stemmler hatte schon eine Vollmacht unterschrieben, mit der er unsere Anwaltskanzlei als seine Rechtsvertretung auswies, bevor er zuvorkommend von meiner Sekretärin ins Zimmer geleitet worden war.

Braun gebrannt, frisch aus dem Sommerurlaub nach Aachen zurückgekehrt, erholt und voller Tatendrang, so stand der stämmige Mann in den Dreißigern vor mir, als er mir zum Gruße beinahe mit seiner Pranke die Hand zerquetschte. Ich müsse unbedingt seine Reisegesellschaft verklagen, polterte Stemmler ungefragt los, nachdem er sich in den Besucherstuhl vor meinem Schreibtisch gepflanzt hatte. Er sei gestern erst von seinem Urlaub auf Mallorca nach Hause zurückgekehrt und hätte überhaupt nichts von den vierzehn Urlaubstagen gehabt.

„Jeden Morgen musste ich um sechs Uhr aufstehen, damit ich uns noch Liegen am Swimmingpool reservieren konnte." Für ihn, seine Frau und die beiden kleinen Kinder hätte er immer Badehandtücher auf die Pritschen legen müssen, damit andere Hotelgäste ihnen nicht die begehrten Schattenspender vor der Nase wegschnappten. Außerdem hätte es viel zu wenige Sonnenliegen gegeben. „Die hatten für die tausend Leute im Hotel gerade einmal fünfhundert Liegen. Sie verstehen, wa?"

Ehrlich gesagt, ich verstand nichts oder jedenfalls nicht, was der forsche Mann eigentlich bezweckte.

Stemmler beugte sich vor und legte seine kräftigen Unterarme auf die Schreibtischplatte. „Das ist so, wa. Wenn ich bei der Arbeit um sechs Uhr auf Schicht muss, muss ich immer schon um fünf Uhr aufstehen. Da will ich wenigstens im Urlaub endlich einmal richtig ausschlafen, wa." Stemmler schüttelte bedauernd den Kopf. „Das war aber überhaupt nicht möglich. Ich musste ja immer so früh raus, wegen der Handtücher für die Liegen. Da habe ich nichts vom Urlaub gehabt. Und das Hotel ist schuld daran." Er sah mich grimmig an. „Jetzt will ich Geld zurück. Wegen unerfüllter Urlaubsfreuden oder so, wa. Ich hab da mal was im Fernseher gesehen."

Stemmler richtete sich auf und breitete die Arme aus, als wolle er die Welt umfassen. „So neunhundert Märker müssten da schon rausspringen, wa. Das Geld sollen Sie für mich einklagen."

Ich sah den Gemütsmenschen grüblerisch an. ‚Sonst hast du keine Probleme', sagte ich zu mir. „Wir werden sehen, was sich machen lässt", meinte ich mit gespielter Zuversicht, während ich aufstand und Stemmler zum Flur begleitete. Er solle seine Reiseunterlagen und sonstige Papiere an unserer Empfangstheke abgeben. Ich würde mich sofort um die Angelegenheit kümmern.

„Junge, du wirst das schon machen, wa", meinte Stemmler jovial zum Abschied und klopfte mir vertrauensvoll auf die Schulter.

‚Das war mal wieder typisch deutsch', schimpfte ich vor mich hin. ‚Alle wollten den Hintern hinterhergetragen bekommen und noch etwas mehr, weil sie bezahlt haben.' Aber was konnte ich schon anderes erwarten? Daraus bestand halt das gewöhnliche Publikum, das auf der Mittelmeerinsel Sommerurlaub machte. Mallorca, die Urlaubsinsel für deutsche Putzfrauen und Schluckspechte, hatte sich diese Typen herangezogen, die nach ihren feuchtfröhlichen Ferientagen lamentierend vor den Kadi zogen.

Ich fühlte mich richtig wohl bei der Bestätigung meines harschen Vorurteils durch Stemmler, zumal mir auch niemand widersprach. Ich griff wieder zur Tageszeitung und vertiefte mich in den interessanten Artikel, den ich wegen Stemmlers Erscheinen nicht zu Ende hatte lesen können.

Die Zeitung berichtete über ein dubioses Ereignis in einem Aachener Luxushotel. In der Badewanne einer komfortablen Suite war die Leiche eines Mannes gefunden worden. „Fast wie Barschel", behauptete der Reporter ungeniert und schilderte bedenkenlos die Umstände. Voll gepumpt mit einer Überdosis Schlaftabletten nach einem Alkoholgelage habe sich der Unbekannte bekleidet in die Wanne gelegt, „und wachte nicht mehr auf." Wer der Mann war, woher er kam, wie lange er schon in dem Hotel wohnte, das waren Fragen, auf die es noch keine Antworten gab. Der Journalist versicherte, er werde weiter berichten und die Leser über die Hintergründe des spektakulären Selbstmordes aufklären.

,Warum eigentlich?', fragte ich mich nachdenklich. Der Mann hatte sein Leben beendet und bestimmt seine Gründe dafür gehabt. Das war seine Privatsache und keine Angelegenheit, die die Öffentlichkeit zu interessieren hatte. Kopfschüttelnd legte ich die Zeitung zur Seite und spürte meinen knurrenden Magen.

„Warum bekomme nur immer ich den Abfall auf den

Tisch?", moserte ich, als ich mit meinem Freund und Chef in einem kleinen Restaurant an der Theaterstraße in Kanzleinähe zu Mittag aß.

Doch Dieter prustete nur vor Lachen, nachdem er meine Geschichte gehört hatte, statt mich zu bedauern oder mir wenigstens eine plausible Antwort zu geben. Alle unsere Nachwuchskräfte, frisch gebackene Rechtsanwälte, die sich bereits während ihrer Referendarzeit bei uns ausgezeichnet hatten, waren von Dr. Dieter Schulz, seines Zeichens Inhaber einer renommierten Anwaltskanzlei, beziehungsweise meistens von seinem Bürovorsteher auf kniffelige Fälle angesetzt worden. In aller Regel wurde unsere Kanzlei bei Familienstreitigkeiten aller Art aktiv, wenngleich nach meinem Eintreten in die Riege der Juristen der Bereich des Wirtschaftsrechts für uns immer größere Bedeutung gewonnen hatte.

„Da hast du's, Tobias", sagte Schulz allen Ernstes, „das ist eindeutig ein Fall aus dem Wirtschaftsrecht. Neunhundert Mark wegen entgangener Urlaubsfreuden, weil auf Mallorca zu wenige Sonnenliegen für die Touristen vorhanden sind. Find ich echt gut", sagte er und lachte erneut, dass ihm die Tränen aus den Augenwinkeln liefen.

Am liebsten hätte ich Schulz heftig gegen das Schienbein getreten oder sonst wohin, aber dann unterließ ich es doch sinnvollerweise; nicht etwa aus Angst oder Respekt vor meinem Brötchengeber, sondern vielmehr, um seiner Gattin Do keinen Pflegefall zu hinterlassen.

„Du kannst nicht immer nur die Rosinen aus dem Kuchen picken, Tobias." Dieter schlug einen versöhnlichen Tonfall an. „Es ist bestimmt nicht schlecht, wenn du einmal mit etwas Kleinkram abspannen kannst. Du hast wahrlich in der letzten Zeit genug Ärger am Hals gehabt."

Mein Freund untertrieb gewaltig, aber ich wusste, was er meinte. Seine Fürsorge für mich war zu sehr von seiner eigenen Bescheidenheit geprägt. Schließlich hatte Dieter gemeinsam mit mir die letzten turbulenten Monate überstehen müssen und war nicht weniger angespannt als ich.

Wir waren ein Duo, Dieter und ich, schon seit Jahren miteinander befreundet und galten bei Kollegen und Gegner nur als die Zwillinge, was sich jedoch nur teilweise auf unser Äußeres bezog. Während Dieter stets mit Anzug und Krawatte bekleidet umherstolzierte, bevorzugte ich tagaus, tagein Jeans, Sweatshirt und gelegentlich eine Lederjacke. Wir seien uns im Laufe der letzten Jahre immer ähnlicher geworden, behaupteten unsere Liebsten. Wir seien nicht nur ziemlich gleich groß, und schlank, sondern auch blond und blauäugig und würden uns in unserem Benehmen immer mehr angleichen.

Unsere Liebsten, Do und Sabine, müssten es eigentlich wissen. Immerhin sind sie tatsächliche Zwillinge, die sich im Wesentlichen nur dadurch unterscheiden, dass Dieters Gemahlin Do mein Patenkind Tobias junior betreut und vor den Erziehungsversuchen seines Vaters bewahrt, während die Patentante Sabine im Hauptberuf als meine persönliche Sekretärin und Partnerin sich vornehmlich um mich und, wie Dieter lästernd behauptet, um meine Erziehung zum erwachsenen Menschen kümmert.

Rund zehn Jahre hielt unsere Freundschaft schon. Damals, wir waren nicht einmal dreißig, hatte Dieter mich in einem Strafverfahren verteidigt. Später war ich dann in seine Kanzlei eingetreten, stets als gleichberechtigter Partner, zunächst als Bürovorsteher und erst sehr viel später als Anwalt. Dieter hatte vorgeschlagen, den Kanzleinamen in „Schulz und Grundler" zu ändern, aber ich hatte mich dagegen ausgesprochen. Ich mochte es nicht, über das unvermeidliche Maß hinaus an die Öffentlichkeit gezerrt zu werden. Ich war immer schon ein Mann für die Arbeit hinter den Kulissen gewesen.

„Mir ist es egal, wenn du die Ehre einheimst", sagte ich zu Dieter, „dann hast du nämlich auch die Verpflichtung, dieser Ehre gerecht zu werden."

Dieters skeptischer Blick verriet mir seine Vermutung, dass ich noch eine kleine Nettigkeit für ihn auf Lager hatte: „Wer die Ehre hat, hat auch das Geld, wer das Geld hat, bezahlt selbstverständlich."

Schmunzelnd schob ich mir den letzten Bissen meines Mittagessens in den Mund.

Ich wollte gerade in den bunten Urlaubskatalogen mit Reisen in alle Herren Länder blättern, die ich auf dem Rückweg aus einem Reisebüro mitgenommen hatte, um mich über die Welt der Kataloge und Katalogversprechen zu informieren, als Sabine und Dieter in mein Büro kamen.

Wenn beide gemeinsam auftraten, verhieß das erfahrungsgemäß nichts Gutes.

„Ich glaube, es gibt Arbeit für dich", sagte mein Chef prompt mit sorgenvoller Miene, „und mit Sicherheit keinen Abfall." Er setzte sich vor den Schreibtisch und reichte mir ein Fax, während Sabine an meiner Seite auf einem Stuhl Platz nahm und Stift und Papier zückte. „Dafür bist du der richtige Mann. Du bist doch unser Mallorca-Experte."

Mit einem gekünstelten Grinsen nahm ich das Papier entgegen. Das Fax stammte von einem Rechtsanwalt aus Palma de Mallorca. In einem grammatikalisch nicht immer einwandfreiem, aber durchaus verständlichen Deutsch bat uns der Kollege Carlos Moreno um schnellstmögliche Kontaktaufnahme. Sein Mandant, ein gewisser Ferdinand Kehren aus Aachen, habe ihn beauftragt, unsere Kanzlei einzuschalten und um Mitarbeit zu bitten. Mit der nochmaligen Nennung einer im Briefkopf angegebenen Telefonnummer endete das Fax.

Mich wunderte, dass Moreno uns ein Fax schickte und nicht angerufen hatte, aber er würde schon seine Gründe haben, dachte ich mir.

„Kennen wir diesen Ferdinand Kehren?", fragte ich in den Raum.

Dieter nickte bestätigend, Sabine reichte mir einen dünnen Schnellhefter. „Wir haben ihn vor drei Jahren einmal in einer Erbschaftsangelegenheit vertreten. Wie du lesen wirst, nichts Besonderes", antwortete mein Freund.

Ich öffnete den Hefter dennoch neugierig und blickte aufmerksam auf die persönlichen Daten unseres ehemaligen und wahrscheinlich bald wieder aktuellen Mandanten. Nach unseren Unterlagen war Ferdinand Kehren Ende vierzig, verheiratet und Vater zweier, nach dem Gesetz schon erwachsener Kinder. Von Beruf war Kehren Oberstudienrat, tätig am Einhard-Gymnasium. Im damaligen Rechtsstreit hatte er sich mit seiner Schwester um das Erbe der Mutter gezankt. Die Schwester beanspruchte das Erbe für sich, weil sie die dahinsiechende Greisin in den letzten Wochen bis zum Ableben in ihrer Wohnung betreut hatte. Kehren bestand auf die Hälfte des Erblasses, weil er stets für seine Mutter Behördengänge und Verwaltungsangelegenheiten erledigt hatte.

Mich interessierte der belanglose Knatsch nicht und so schlug ich den Hefter wieder zu, bevor ich beim Ergebnis des Verfahrens angelangt war. Wahrscheinlich war es zu einem Vergleich gekommen.

„Hat Kehren damals seine Kosten bezahlt?", wollte ich nur wissen.

„Anstandslos", antwortete meine Sekretärin, „gewissenhaft, wie es sich für einen Beamten gehört, am letzten Tag der Zahlungsfrist und auf den Pfennig genau."

„Dann stell mal die Verbindung zu unserem Freund Carlos Moreno in Palma de Mallorca her", bat ich sie erwartungsvoll. „Du kannst doch Spanisch, oder?"

Das böse Funkeln in Sabines Augen nahm ich mit einem genüsslichen Grinsen hin. Ich glaubte, ich hatte noch eine spitze Behauptung gut, jetzt waren wir quitt.

Das Telefonat mit dem mallorquinischen Anwalt litt weniger unter den von mir befürchteten Sprachproblemen als unter vermittlungstechnischen Schwierigkeiten. So viel bekam ich dank der guten Deutschkenntnisse von Moreno mit: Kehren war wegen Mordes an seiner Ehefrau angeklagt worden und saß in Untersuchungshaft.

„Er will, dass Sie sich um ihn kümmern, Herr Grundler", schrie Moreno gezwungenermaßen ins Telefon.

„Wie denn?", schrie ich zurück. „Sie sind doch näher

dran als wir." Ich wusste nicht, warum ich Zutrauen zu den Fähigkeiten des spanischen Juristen hatte, aber mir blieb in meiner Situation eigentlich nichts anderes übrig. Oder sollte ich etwa von Aachen aus einen auf Mallorca inhaftierten Öcher verteidigen?

„Ich kann allenfalls einen Auslieferungsantrag stellen", meinte ich und bekam prompt eine schlagfertige Antwort: „Dann tun Sie es auch!"

Moreno versuchte, mir die Dramatik der Lage von Kehren deutlich zu machen. „Das ist, wie man bei Ihnen in Deutschland sagt, kein Zuckerschlecken, in einem spanischen Gefängnis zu sitzen. Und erst recht nicht für einen Ausländer." Er lachte gequält in den Hörer. „Wenn Sie dann noch als Aleman im alten Gefängnis von Palma de Mallorca eingesperrt sind, haben Sie die totale Niete gezogen." Moreno flüchtete sich in Galgenhumor. „Señor Kehren wird wahrscheinlich das Glück haben, im neuen Gefängnis von Palma die nächsten dreißig Jahre seines Lebens absitzen zu dürfen. Der Knast ist im Vergleich zum alten ein Luxushotel."

„Vor der Vollpension wollen wir ihn aber bewahren", wandte ich ein.

„Richtig", bestätigte Moreno, „darauf arbeiten wir hin."

„Was kann ich überhaupt tun?" Ich lehnte mich in meinen Sessel zurück und klemmte den Telefonhörer hinter das andere Ohr.

17

„Sie sollen mir bei der Verteidigung von Kehren helfen", antwortete der spanische Anwalt. „Kehren glaubt, Sie seien sehr spitzfindig. Er hat mir gesagt, Sie hätten ihm in einem Verfahren gegen seine Schwester hervorragend gedient."

‚Jetzt sollte ich Kehren wieder dienen', dachte ich wenig erbaut. Der Begriff „dienen" missfiel mir außerordentlich, aber wahrscheinlich, so nahm ich es wohlwollend für Kehren an, hatte sich Moreno bei der Wortwahl vergriffen.

„Das kann ich schlecht von Deutschland aus", gab ich zu bedenken. „Ich kann den Auslieferungsantrag stellen und das Ergebnis abwarten oder fordern, dass Kehren hierzulande der Prozess gemacht wird." Mich wunderte, dass Moreno noch mit keiner Silbe auf die Tat zu sprechen gekommen war und mich über den behaupteten Tathergang im Dunkeln hielt.

„Wie und wo soll Kehren überhaupt seine Frau ermordet haben?", fragte ich wissbegierig.

„Haben Sie nicht mein zweites Fax bekommen?", fragte Moreno verblüfft zurück. „Ich hatte Ihnen doch einen Zeitungsausschnitt aus dem Mallorca Magazin zugefaxt. Darin finden Sie alle Informationen über den Todesfall, die Sie für den Anfang wissen müssen. Den Bericht der Polizei und die bisherigen Vernehmungsprotokolle der Staatsanwaltschaft werde ich noch für Sie übersetzen lassen." Aber zunächst müsste ich mich mit dem Artikel begnügen.

Sein Fax sei wohl im Äther verschwunden, bedauerte ich und bedankte mich artig, als Moreno eilfertig versicherte, er werde sofort ein neues auf den Weg schicken.

Woher er so gut Deutsch spreche, wollte ich von ihm wissen, um die Wartezeit zu überbrücken.

„Wer auf Mallorca kein Deutsch kann, der ist fast hoffnungslos verloren", antwortete Moreno ohne große Freude. „Die Deutschen haben uns hier in meiner Heimat regelrecht überrannt." Seine Deutschkenntnisse hätten eine praktische Ursache, fügte Moreno hinzu, um sich nicht an den abgedroschenen Klischees festzuhalten. „Ich habe einige Semester Jura in Bonn studiert."

Diese Aussage macht mir den Anwalt ausgesprochen sympathisch. Aber er war schnell wieder auf dem besten Wege, sich meine Sympathie zu verscherzen, als Moreno fortfuhr, er habe in Bonn in einem Seminar über Steuerrecht einen merkwürdigen Studienkollegen namens Grundler gehabt, der immer nur in Jeans und Sweatshirt herumgelaufen sei. „Sind Sie vielleicht mit ihm verwandt?"

Wahrheitsgemäß verneinte ich.

„Schade", entgegnete Moreno, „der hatte es faustdick hinter den Ohren. Ich hatte schon gehofft, Sie seien der besagte Grundler."

Ich schwieg und hauchte Sabine einen Kuss zu, als sie

mir ein Fax ins Zimmer brachte. Es handelte sich erwartungsgemäß um den Zeitungsartikel aus Mallorca.

Pauschalurlauber

„Deutscher Tourist als Mörder verhaftet", so hatte die deutschsprachige Wochenzeitung ihren Artikel überschrieben, der vor knapp zwei Wochen, also Ende August, erschienen war. Mich wunderte die Deutlichkeit, mit der das Mallorca Magazin zu Werke ging. Auf Kehrens Personenschutz wurde keinerlei Rücksicht genommen. „Der 48-jährige Oberstudienrat Ferdinand Kehren aus Aachen, der in Cala Millor Urlaub machte, soll am Mittwoch auf der Halbinsel Punta de n'Amer zwischen Cala Millor und Sa Coma seine Ehefrau Annegret (51), geborene Junggeburth, mit einem Felsbrocken erschlagen haben. Bei der Polizei hat er behauptet, seine Gattin sei bei einem abendlichen Spaziergang in dem unwegsamen Gelände umgeknickt und habe sich dabei den Fußknöchel verstaucht oder gebrochen. Sie konnte jedenfalls nicht mehr weiterlaufen. Kehren ist nach Sa Coma gelaufen und hat dort Hilfe geholt. Als er mit den Rettungskräften zurückkehrte, lag die Frau erschlagen in einer Blutlache auf dem steinigen Untergrund. Wegen der hereinbrechenden Dunkelheit hatten Polizei und Sanitäter trotz der Hinweise von Ferdinand Kehren erhebliche Mühe, Annegret Kehren in dem weitläufigen, unübersichtlichen und unbewohnten Gelände zu finden. Die Polizei glaubt der Version des Oberstudienrates nicht. Sie geht jedenfalls davon aus, dass der deutsche Urlauber seine Ehefrau getötet hat", las ich mit wachsendem Erstaunen.

„Wie?", fragte ich Moreno perplex. „Die Polizei glaubt Kehren nicht? Hat sie denn Beweise für ein Verbrechen?"

„Nein", antwortete der Anwalt sachlich. „Die hat sie in der Tat nicht."

„Dann kann sie Kehren auch nicht festhalten", folgerte ich schnell.

„Kann sie wohl", entgegnete Moreno. In seiner Stimme schwang leichte Resignation mit. „Die Polizei glaubt Kehren nicht und das ist für sie Grund genug, zunächst einmal gegen ihn zu ermitteln." Er seufzte. „Kehren hat sich natürlich auch schön blöd angestellt, als man ihn mitnahm und verhörte. Er hat behauptet, bestimmt habe eine Verbrecherbande seine Frau getötet. Damit hat er natürlich die Mallorquiner in ihrer Ehre beleidigt. Als würde ausgerechnet einer von ihnen deutsche Touristinnen erschlagen."

„Aber Sie glauben Kehren?"

Moreno wartete für mein Dafürhalten ein wenig zu lange mit der Antwort. „Er ist mein Mandant und deshalb nehme ich seine Rechte wahr«, sagte er schließlich zögerlich. »Ich werde natürlich versuchen, ihn frei zu bekommen."

Mir erschienen Morenos Bemühungen halbherzig. „Wie sind die Chancen?", fragte ich.

Wieder ließ mich Moreno mit seiner Antwort lange warten. „Nicht gut", behauptete er dann. „Es ist nicht nur seine Bandentheorie, für die die Polizei Kehren büßen lässt. Kehren hat außerdem das Pech, dass die Stimmung auf Mallorca derzeit für Deutsche nicht positiv ist, die mit Verbrechen in Zusammenhang gebracht werden. Ein deutscher Arzt, der unlängst merkwürdigerweise ebenfalls bei Sa Coma seine drei Kinder ermordet haben soll, hat bei der Polizei verdammt viele Ressentiments geweckt. Man ist sensibel geworden und misstraut den Deutschen zunächst einmal. Sie brächten die Schwerkriminalität auf unsere schöne Insel, befürchten die Polizisten." Moreno legte eine Atempause ein. „Um ehrlich zu sein, bei unseren Ordnungsbehörden ist die Stimmung gegen Kehren gerichtet."

Für diese Einstellung konnte ich kein Verständnis aufbringen. „Und deswegen wird Kehren wegen Mordes angeklagt?", fragte ich ungläubig.

„So ist es", bestätigte Moreno nüchtern, „und Sie müssen versuchen, ihn nach Deutschland zu bringen. Hier hat er zunächst keine Chance."

Ich flüchtete mich notgedrungen in eine der Standardfloskeln, die jeder Mandant irgendwann einmal von seinem Anwalt zu hören bekam und mit der ich schon Stemmler beglückt hatte: „Wir werden sehen, was wir tun können."

Ich hörte Moreno laut lachen. Er hatte meine Hilflosigkeit auf Anhieb durchschaut. „Sie können tatsächlich noch nicht viel für Kehren tun", bescheinigte er mir. Wir könnten allenfalls in ständigem Kontakt bleiben. „Obwohl", er legte eine weitere, kleine Pause ein, „wenn ich sehe, wie lange dieses Telefonat schon dauert, dann ist es bald billiger, wenn Sie nach Mallorca kommen."

Das hätte mir noch zur Erfüllung meines irdischen Daseins gefehlt: ich nach Mallorca, und dann vielleicht auch noch als Pauschaltourist auf die größte deutsche Urlaubsinsel!

„Warum eigentlich nicht?", hielt Sabine dagegen, die es sich auf meinem Schoß bequem gemacht hatte und sich meine Geschichte erzählen ließ. „Das dürfte auf jeden Fall erholsamer sein als euer angeblicher Fahrradurlaub auf der Kaiser-Route. Danach wart ihr beiden, Dieter und du, doch erst richtig urlaubsreif.« Sabine griff nach einem der Urlaubskataloge und suchte die Angebote über Mallorca. „Wo war noch einmal dein Mandant mit den Sonnenliegen?"

Woher sollte ich das wissen? Mürrisch blätterte ich in dem angelegten Hefter über Stemmler, bis ich auf eine Kopie seines Reisevertrages stieß. »Das war in einem Hotel in S'Illot", sagte ich, ohne zu wissen, ob ich den Namen des Ortes richtig ausgesprochen hatte.

Flugs blätterte Sabine in den Seiten, bis sie auf eine Karte stieß. „S'Illot liegt direkt neben Sa Coma", informierte sie mich, worauf ich wenig interessiert grunzte: „Na, und? Glaubst du etwa, Stemmler hat die Frau von Kehren getroffen und umgebracht?"

Meiner Sekretärin reichte offenbar ein Blick in einen Katalog, um gleich zwei Fälle auf einmal zu lösen, höhnte ich.

Ich sei ein Blödmann, konterte Sabine eingeschnappt, ohne meinen Schoß zu verlassen, und auch Dieter, der unangekündigt eingetreten war, attackierte mich.

„Warum bist du so aggressiv, Tobias?", fragte er mich. Es sei wohl an der Zeit, dass ich tatsächlich einmal ausspanne. Schulz grinste mich verdächtig freundlich an. „Ich verordne dir hiermit zwei Wochen Arbeitsurlaub mit Sabine. Zwei Wochen Mallorca mit einigen kleinen Recherchen ohne Stress, das ist in deiner derzeitigen Verfassung genau das Richtige für dich."

Ich wollte meinem Brötchengeber vehement widersprechen, aber Sabine ließ meinen Protest nicht zu.

„Dieter, du bist einfach ein genialer Chef", lobte sie ihren Schwager übertrieben und strahlte mich mit ihrem betörenden Lächeln an. „Komm, mein Schatz, wir gehen auf der Stelle unseren Urlaub buchen!"

Wie sollte ich gegen diese übermächtige Familienkoalition ankommen? ,Niemals würden die beiden mich auf die Lieblingsinsel aller Pauschalurlauber bekommen', redete ich mir ein, als ich an der Hand von Sabine zum Reisebüro fast neben unserer Kanzlei trottete. Wahrscheinlich, so nahm ich an, würde ohnehin alles ausgebucht sein, insofern konnte ich unbesorgt mitgehen. Ich wollte den Besuch im Reisebüro für meine Zwecke nutzen, aber das brauchte ich Sabine nicht auf die Nase zu binden.

Die überaus zuvorkommende, junge Frau, die uns bediente, enttäuschte mich nicht. Sie hatte uns an einen Tisch gebeten und bearbeitete dort ihren Computer. Sie schüttelte bedauernd den Kopf, als Sabine noch schnellstmöglich einen Urlaubsflug mit Halbpension für zwei Personen nach Mallorca ordern wollte.

„Da gibt es absolut nichts mehr", sagte sie zu meiner Freude und Bestätigung. „Mallorca ist restlos ausgebucht. Dort ist in den nächsten Monaten kein einziges freies Bett mehr zu finden."

„Warum?", fragte ich in Erwartung einer Antwort, die meine Vorstellung von Mallorca bestätigen würde.

„Weil die Insel den absoluten Urlaubstraum von sonnenhungrigen und wasserliebenden Touristen darstellt, für den normalen Bürger bezahlbar und in knapp zwei Stunden erreichbar ist", antwortete die Reiseverkäuferin freundlich lächelnd. „Knapp zehn Millionen Touristen im Jahr sprechen für sich." Fast fünf Millionen Deutsche, aber auch viele Engländer sowie vermehrt Niederländer genössen das ausgezeichnete Klima und die vielfältigen Urlaubsfreuden. ‚Sonne, Strand, Sex und Suff‘, frotzelte ich für mich. ‚Daraus bestand des Deutschen Urlaubsglück und das gab es wohl auf Mallorca ohne Ende.‘

„Waren Sie schon einmal da?", fragte mich die nette Beraterin höflich, aber durchaus bestimmt.

Ich verneinte entschieden. Ich hätte auch kein Verlangen danach, sagte ich, was mir einen wütenden Blick meiner Liebsten einbrachte.

Sie könne uns allenfalls einen Flug besorgen. „Dann müssen Sie sich vor Ort um eine Unterkunft bemühen", fuhr die Verkäuferin fort, winkte dann aber ab. Die Chancen seien allerdings sehr gering. „Es sei denn, Sie wollen in einem Spitzenhotel Spitzenpreise von mehreren hundert Mark für Übernachtung mit Frühstück bezahlen."

Aber von dieser Überlegung wollte Sabine mit meiner unausgesprochenen Zustimmung überhaupt nichts wissen. „Entweder zwei Wochen pauschal oder gar nicht."

„Schade", bedauerte die Frau. „Mallorca ist wirklich eine Reise wert."

‚Wahrscheinlich für vergnügungssüchtige Durchschnittsbürger', kommentierte ich für mich und sagte: „Vielleicht klappt's ja im nächsten Jahr."

„Oder als last-minute-Angebot", regte Sabine zu meinem Unmut schnell an.

Die Antwort der Urlaubsverkäuferin beruhigte mich ungemein. „Das ist sehr unwahrscheinlich." Die Urlauber, die im September nach den Sommerferien einen Aufenthalt auf Mallorca buchten, träten erfahrungsgemäß fast nie von einer Reise zurück. Gerne, so bot sie Sabine lächelnd an, würde sie sich in den nächsten Tagen dennoch nach einem derartigen Angebot umsehen und uns unverzüglich informieren, falls noch etwas frei würde.

„Aber ich habe da keine große Hoffnung", fügte sie mit einem entschuldigenden Kopfschütteln hinzu.

Ich hatte genug von dem unergiebigen Gespräch und wechselte das Thema. „Wie sieht es eigentlich mit Reklamationen aus?« Ich könne mir nicht vorstellen, dass alle Urlaubsreisen reibungslos verliefen.

Die Angestellte bestätigte mich. Speziell im Pauschaltourismus ginge es gelegentlich nicht ohne Komplikationen ab. „Da braucht nur einmal ein Rädchen nicht zu greifen und schon haben Sie eine Kettenreaktion", antwortete sie bereitwillig. „Wenn ein Charterflug ausfällt oder Verspätung hat, führt das zwangsläufig zu Zeitverzögerung beim Transport oder Staus. Wenn ein Hotel überbucht ist, stehen einige Touristen manchmal auf der Straße." Aber normalerweise hielten sich die Probleme in einem vertretbaren Rahmen.

„Es gibt aber viele Reklamationen?", hakte ich fragend nach. Stemmler war bestimmt kein Einzelfall.

„Reklamationen sind eine typische deutsche Eigenart", stöhnte die Verkäuferin. „Es gilt gewissermaßen schon als Volkssport, sich nach der Pauschalreise zu beschweren und Geld zurückzuverlangen. Da gibt es beispielsweise Leute, die beklagen sich über zu viel Sonne auf ihrem Balkon, zur gleichen Zeit beklagen sich andere über zu wenig." Über neunzig Prozent der Beschwerden seien objektiv unbegründet, acht Prozent würden mehr oder minder von den Reiseveranstaltern akzeptiert, die verbleibenden zwei Prozent landeten vor Gericht. „Die Leute versuchen es halt und hoffen darauf, ein Schnäppchen zu machen frei nach dem Motto: Nur wer überhaupt nicht motzt, wird garantiert auch nichts bekommen."

Ob sie mir noch etwas über S'Illot, Sa Coma und Cala Millor sagen könne, bat ich die nette Frau, die immer noch höflich und freundlich erwiderte, sie könne mir viel erzählen. „Aber es ist tatsächlich das Beste, wenn Sie einmal dahin fahren. S'Illot ist früher eine englische Hochburg gewesen und nun etwas in die Jahre gekommen, Sa Coma ist ein direkt daneben liegendes Familienbad mit großen, modernen Hotelkomplexen und Cala Millor befindet sich wenige Kilometer weiter nördlich. Cala Millor ist das Zentrum der Deutschen an der Nordostküste. Die dortige Bucht ist schlechthin eine der größten Touristenregionen. Sie finden hier Mallorca-Strandurlaub pur." Sie sah mich musternd an. „Allerdings glaube ich nicht, dass das das Richtige für Sie wäre. Sie sind wohl eher ein Typ für die Westküste von Mallorca." Die Reiseverkäuferin ging nicht näher auf ihre Behauptung ein.

Ich schwieg dazu. Ob Westküste oder Oststrand, das war mir im Prinzip einerlei, ich hatte ohnehin nicht die Absicht, nach Mallorca zu fahren.

Als Sabine wenige Tage später mit ihrem strahlendsten Lächeln und einem Buch in der Hand in mein Büro kam, ahnte ich schon Ungemach. Ich glaubte, mich verhört zu haben, als meine Liebste vergnügt verkündete: „Wir beide fliegen nach Mallorca!", und mir einen satten Kuss mitten auf die Stirn gab.

Ich sah mich gespannt um, aber nur Sabine und ich waren im Raum. Offensichtlich war ich derjenige, der Sabine begleiten sollte.

„Wie bitte?", fragte ich vorsichtshalber noch einmal nach, aber erntete erneut die unerwünschte Antwort: „Wir beide fliegen nach Mallorca!"

Meine Sekretärin hatte einen Reiseführer über die Insel besorgt, den sie mir hocherfreut überreichte. „Da kannst du dich schon einmal informieren", empfahl sie mir.

„Worüber?", fragte ich ungehalten, während ich das Büchlein in den Händen drehte und mich krampfhaft bemühte, Sabines attraktive Nähe nicht zu registrieren. „Ich habe dafür keine Zeit."

Sabine hörte über meine Bemerkung hinweg. „Du sollst dich über Santa Ponsa schlau machen", fuhr meine Liebste ungerührt fort. „Dorthin fliegen wir nämlich am Sonntag für zwei Wochen ab Köln." Das Reisebüro hatte vor wenigen Minuten angerufen und die Reise angeboten.

Mir schwante etwas. Woher hatte Sabine den nagelneuen Reiseführer, wenn sie die Reise gerade erst gebucht hatte? Da hatte sie wohl unbemerkt hinter meinem Rücken kräftig gekurbelt, vermutete ich.

„Na, und?", lachte Sabine und schlang ihre Arme um meinen Hals. „Ich freue mich jedenfalls, dich endlich einmal nur für mich zu haben." Sie küsste mich. „Du bist doch sonst immer nur unterwegs." Es gebe kein

Zurück mehr. Die Reise war schon gebucht und von Dieter bezahlt worden. „Du und ich, wir beide fliegen nach Mallorca!", nervte Sabine mich erneut.

Ich konnte mich des Eindrucks nicht erwehren, als hätte mich jemand ganz gehörig überrumpelt.

„Sieh es als Dienstreise", meinte meine Sekretärin ausgelassen, „dann bist du wenigstens kein Pauschaltourist, wenn du davor zurückschreckst. Ich glaube, wir werden sehr viel Spaß haben."

„Wo?" Langsam richtete ich mich darauf ein, mich mit dem Unausweichlichen abzufinden. „Wo werden wir sehr viel Spaß haben? Wie heißt das Kaff?" Ich blätterte lustlos in dem Reiseführer.

„Santa Ponsa", antwortete Sabine.

„Osten oder Westen?"

„Weder noch", sagte meine Liebste vergnügt, „der Ort soll südlich von Palma de Mallorca liegen, hat man mir im Reisebüro erklärt. Wir hätten ein schönes Apartmenthotel mit Blick auf die Bucht und einem eigenen Strand."

„Wie heißt das Ding?"

Sie habe den Namen des Hotels vergessen, bekannte Sabine, er würde in den Reiseunterlagen stehen, die wir noch bekämen. Aber es sei ihr egal. „Hauptsache, ich komme mit dir nach Mallorca." Sie freute sich von ganzem Herzen und steckte mich mit ihrer Vorfreude trotz meiner weiterhin vorhandenen Skepsis langsam an.

Mit Sabine würde ich es überall auf dieser Welt aushalten, zur Not auch auf dieser Touristeninsel Mallorca.

„Wir haben übrigens einen optimalen Flug erwischt", informierte sie mich ungebeten über weitere Einzelheiten unserer Reise. „Elf Uhr ab Köln mit Condor. Um eins sind wir schon in Palma, spätestens um drei in unserem Hotel." Sie strahlte mich immer noch bezaubernd an. „Und dann haben wir endlich viel Zeit für uns."

„Und für meine Mandanten", gab ich vorbeugend zu bedenken. Schließlich sollte ich für Stemmler und Kehren tätig werden; nur wegen meiner Verpflichtung für die Mandanten nahm ich den Urlaub in Kauf. Sabine winkte lässig ab. „Für sie kannst du da unten bestimmt nicht viel machen." Sie hätte nur einen einzigen Wunsch für unseren Urlaub auf Mallorca, flüsterte meine Liebste mir noch ins Ohr.

„Einmal müssen wir unbedingt meine ehemalige Freundin Maria Guillot besuchen."

„Wen?" Der Name kam mir zwar bekannt, aber zugleich sehr fremd vor.

„Grundler, du bist ein Kunstbanause", schalt mich Sabine mit gespieltem Ärger. „Maria Guillot gilt als eine der größten Künstlerinnen der Gegenwart. Ihre Gemälde und Skulpturen sind mittlerweile mehr als nur ein Geheimtipp."

Langsam erinnerte ich mich. Die Frau hatte vor zwei oder drei Jahren einmal im Ludwig-Forum in Aachen ausgestellt und war dabei von den angeblichen und tatsächlichen Kunstkennern enthusiastisch gefeiert worden. Schulz hatte damals sogar ein Bild von Maria Guillot kaufen wollen, war aber zu spät gekommen. Wie Sabine und Do in einem Gespräch mit der Künstlerin erfahren hatten, müssen sie wohl in der Jugendzeit Nachbarinnen gewesen sein. Als Davina Jussten hatte sie ganz normal und bieder in Aachen gelebt, ehe es sie als Künstlerin nach Mallorca verschlagen hatte. Einen Ortswechsel aus künstlerischen Gründen konnte ich durchaus nachvollziehen. In Aachen hatten es kreative Köpfe immer schwer gehabt, sie wurden meistens erst anerkannt, nachdem sie der Kaiserstadt den Rücken gekehrt hatten. Aber warum die Alternative ausgerechnet Mallorca war, war mir schleierhaft.

„Du willst sie also besuchen? Weißt du denn, wo deine Maria wohnt?"

Das herauszufinden, sei nun wirklich kein Problem, entgegnete Sabine zuversichtlich. Sie habe noch eine Visitenkarte von Davina Guillot oder Maria Jussten oder wie immer die angebliche Künstlerin auch hieß, wie ich naserümpfend zur Kenntnis nehmen musste.

„Dann lernen wir vielleicht auch das Mallorca fernab

vom Tourismus kennen", versuchte Sabine, mir unseren Urlaub mit einem weiteren Aspekt schmackhaft zu machen.

„Von mir aus", knurrte ich ergeben und löste mich aus der Umarmung meiner Sekretärin, um zum schnarrenden Telefon zu greifen.

„Grundler", bellte ich mürrisch in das Mikrofon.

„Moreno", klang es freundlich zurück und ich rappelte mich auf.

Der Kollege aus Mallorca hielt sich nicht lange mit einer Begrüßung auf. Die Zeit dränge, sagte er.

„Man will Kehren unverzüglich den Prozess machen." Es sei bestimmt sinnvoll, wenn ich schnellstmöglich nach Mallorca käme. Wir müssten uns über eine Verteidigungsstrategie unterhalten. „Wann könnten Sie es denn einrichten?"

„Sonntag", antwortete ich mit der mir eigenen souveränen Gelassenheit. „Am Sonntag um eins lande ich auf Mallorca."

Luigi Martini

Sabines Vorfreude auf den Flug in den Urlaub konnte ich beim besten Willen nicht teilen. Es konnte garantiert nichts werden mit einem sinnvollen und zufrieden stellenden Aufenthalt, es musste einfach etwas schief gehen, redete ich mir und meiner, beinahe schon genervten Umgebung bei jeder sich bietenden Gelegenheit ein. Ich war davon überzeugt, dass ich mit meiner düsteren Prophezeiung Recht behalten würde, es sollte bloß niemand sagen, ich hätte ihn nicht vorher gewarnt; unser Urlaub musste einfach im Chaos versinken.

Meine pessimistische Grundeinstellung wurde prompt auf dem Flughafen in der Wahner Heide bestätigt. Kaum hatte ich den Polo meiner Liebsten im Parkhaus für die Dauerparker abgestellt und war in die Abfertigungshalle getreten, da wurde auch schon der Hinweis auf unseren Flug nach Mallorca auf der elektronischen Anzeigetafel mit einer Anmerkung versehen. Ausgerechnet unsere Maschine sollte zwei Stunden später als geplant starten.

„Das ist mal wieder typisch", moserte ich, „du suchst dir mit trügerischer Sicherheit die Kiste aus, die garantiert abstürzt." Alle Flugzeuge vor und nach uns flogen pünktlich ab, nur unser Flieger hatte Macken. Aber Sabine ließ sich nicht beirren, sie freute sich. „Wir haben doch Urlaub, da kommt es nicht auf zwei

Stunden an, mein Schatz. Küss mich und checke uns ein!"

Misstrauisch beäugte ich die zumeist aufgeregten Menschen, die um uns herumwuselten. Sie machten keinen Hehl daraus, dass sie sich auf den Flug in den warmen

29 Süden freuten. Die meisten würden, wie nach den blinkenden Angaben auf der Tafel zu erkennen war, ebenfalls nach Mallorca fliegen. Jeder zweite Flieger hatte die Mittelmeerinsel zum Ziel. ‚Das kann ja heiter werden', dachte ich mir schlecht gelaunt, ‚halb Deutschland fliegt mit, wenn ich fliegen muss.'

Sabine schubste mich erbarmungslos in ein nur mäßig besetztes Restaurant in der Abflughalle, nachdem ich unser Gepäck abgeliefert und die Bordkarten erhalten hatte. Sie schlürfte zufrieden an einem viel zu teuer bezahlten Kaffee und vertiefte sich in ein Taschenbuch mit dem aufschlussreichen Titel »Wie erziehe ich meinen Freund zu einem gehorsamen Ehemann?"

Ich hingegen zog ein zu einem Wucherpreis erstandenes Mineralwasser und die Lektüre der Aachener Zeitung vom vergangenen Tag vor, in der über die tatsächlichen Probleme des Lebens berichtet wurde. Das beherrschende Thema des Tages war im Lokalteil der geheimnisvolle „Barschel von Aachen", wie der AZ-Reporter, mein gelegentlicher Mitstreiter oder Widersacher, in einem Artikel über den Selbstmörder im Luxushotel getitelt hatte.

Seine Recherche hatte zwar viele Informationen, aber noch keine endgültige Aufklärung gebracht. Wie der Journalist schrieb, war der Tote am Tag seines Ablebens allein von Zürich nach Mönchengladbach geflogen und vom dortigen Regionalflughafen von einem Taxi nach Aachen gebracht worden. Der Mann, dessen Alter auf rund fünfundfünfzig Jahre geschätzt wurde, stammte höchstwahrscheinlich aus Südeuropa. Seinen Namen hatte er auf dem Flugticket und im Hotel mit Luigi Martini angegeben, was sofort zu der Vermutung führte, er sei Italiener. Ob die Angaben zur Person tatsächlich zutrafen, zweifelte der Journalist offen an. „Die Polizei ist verwundert darüber, dass der Tote keine persönlichen Papiere bei sich trug. Die Identifizierung gestaltet sich daher äußerst schwierig." Vielleicht sei der Mann unter falschem Namen gereist.

„Das ist nicht auszuschließen«, so hatte Kommissar Rudolf-Günther Böhnke von der Aachener Kripo die entsprechende Frage des Schreiberlings beantwortet. Er verwies auf ein Porträt des Toten, das die Zeitung in den Artikel eingeklinkt hatte.

Das Gesicht war nicht sonderlich ausdrucksstark. Wahrscheinlich schwarzes Haar verdeckte Stirn und Ohren, kantiges Kinn, glatte Haut und eine runde, kleine Nase verliehen dem Gesicht ein eher durchschnittliches Aussehen. Für mich waren immer Augen die bestimmenden Merkmale, doch sie waren verschlossen.

Der Kommissar bat die Zeitungsleser, eventuell Auskünfte über diesen Mann zu geben.

Ich konnte mir ein Lächeln nicht verkneifen. Ausgerechnet Böhnke hatte sich mit dem Selbstmord herumzuschlagen und dabei auch noch meinen speziellen Freund im Genick. ‚Da fehle nur noch ich und das Trio ist wieder komplett', dachte ich vergnügt, und zugleich froh darüber, diesmal nicht mitmischen zu brauchen. Mit Böhnke verstand ich mich sehr gut, nicht zuletzt unsere Zusammenarbeit bei den kriminellen Geschehnissen am Rande der letztjährigen Verleihung des Karlspreises hatte den Kommissar zu meinem väterlichen Freund werden lassen.

Erstaunlich offen berichtete Böhnke, dass die internationale Überprüfung der Identität des Toten bisher zu keinen Ergebnissen geführt hätte. „In Italien wird kein Luigi Martini vermisst, auf den die Beschreibung unseres Toten zutrifft", wurde der Kommissar zitiert. „Wir stehen insofern vor einem Rätsel, als wir den Toten nicht identifizieren können und nicht wissen, was er in Aachen wollte. Das Foto ist gewissermaßen unser letzter Weg zur Lösung des Problems." Nach den Ermittlungen der Polizei war jedoch eindeutig, dass der Mann Selbstmord begangen hatte. „Für ein Verbrechen gibt es keinerlei Anzeichen."

Für einen Moment verwunderte mich die Auskunftsfreude von Böhnke, doch dann kamen mir Bedenken. Es war mehr als ungewöhnlich, dass die Polizei die Veröffentlichung des Fotos eines Selbstmörders unterstützte. ‚Da muss mehr hinter stecken', dachte ich mir, ‚wenn Böhnke bereitwillig diese Informationen preisgibt, will er bestimmt von anderen ablenken. Und der AZ-Reporter ist ihm dabei auf den Leim gegangen.'

Ich konnte mir nicht vorstellen, dass die Aachener Kripo einen ihrer besten Männer abstellte, nur um die irritierenden Umstände eines zweifelsfreien Selbstmordes zu untersuchen. Bei einer passenden Gelegenheit würde ich den Kommissar danach fragen.

„Träum nicht vor dich hin!" Sabine rüttelte mich aus meinen Gedanken. „Es geht los, mein tapferer Held."

Missmutig packte ich meine Zeitung ein und ließ mich von meiner Sekretärin auf meinen Platz in der großen und doch engen Metallröhre führen. Wie mir erging es wohl vielen Leidensgenossen vor ihrem ersten Flug. Sie saßen verkrampft in ihren Sitzen und umklammerten fest die Armlehnen. Manch einer stieß spitze Schreie aus oder juchzte erschrocken, als nach dem Start der voll beladene Flieger rumpelte und in einer Kurve eine bedenkliche Schräglage einnahm. Meine Nackenhaare sträubten sich, als ich glaubte, die Maschine würde absacken. Schon über Nörvenich hätte ich dem Piloten am liebsten geraten, auf dem Militärflughafen wieder zu landen.

Das aufmunternde Lächeln einer Stewardess, die mir auf einem Tablett einen kleinen Imbiss reichte, kam mir sehr verdächtig vor. Sie konnte nur ein Anliegen haben: Sie wollte bestimmt von einer bestehenden Gefahr für Leib und Leben ablenken.

Für mich stand schon nach einer Viertelstunde in der schwebenden Metallröhre fest, dieser Flug zählte für zwei, er würde mein Erster und zugleich mein Letzter sein, selbst wenn ich mit dem Tretboot von Mallorca zum Festland strampeln musste.

Heilfroh atmete ich auf, als das Flugzeug endlich wieder Boden unter den Rädern hatte. Doch trotz meiner Freude konnte ich mich nicht dem Beispiel vieler Mitpassagiere anschließen, die laut und wahrscheinlich erleichtert bei der Landung Beifall klatschten.

Sabine hatte während der zweistündigen Flugzeit zufrieden neben mir gesessen und immer wieder versucht, mir einen Blick aus dem kleinen Fenster in die Tiefe abzunötigen. Die Aussicht sei einfach wunderbar, befand sie begeistert. Der Urlaub sei jetzt schon toll.

„Tobias, wir werden sehr viel Freude haben", sagte sie verheißungsvoll zum wiederholten Male, ohne dass ich ihr glauben konnte.

Von Freude konnte bei mir auch nach dem Verlassen des Fliegers keine Rede sein. Kreuz und quer scheuchte man uns zur Gepäckausgabe auf ausgewiesenen Wegen durch den neuen, supermodernen Flughafen von Palma. Es kam mir vor, als würde man uns in einer Art Gebäudebesichtigung absichtlich durch das undurchschaubare Gewirr der anscheinend nicht enden wollenden Gänge lotsen, bis wir endlich vor einem Laufband ankamen, auf dem Sabines Koffer und meine Reisetasche ausgeliefert werden sollten.

Im Gegensatz zu meiner aufgekratzten Begleiterin hatte ich nicht den kompletten Inhalt meines Kleiderschrankes mitnehmen müssen. Ich brauchte nur das Übliche: ein paar Sweatshirts, einige Jeans, meine Lederjacke und die diversen Kleinigkeiten. Auf die Badehose hatte ich verzichtet. Ich hatte nicht die Absicht, meinen Körper in die schmutzigen Wellen des Mittelmeeres zu tauchen.

Verärgert wegen des langen Fußmarsches durch das nüchterne, schmucklose Flughafengebäude und wegen der elenden Warterei auf unser Gepäck schlich ich hinter Sabine her, die den Informationsstand unseres Reiseveranstalters ausgemacht hatte.

„Bus 87", rief sie mir zufrieden zu, „der bringt uns bis zum Hotel in Santa Ponsa." Schnell eilte sie zum Ausgang in Richtung Busparkplatz.

Ich folgte ihr mit Koffer und Reisetasche und fühlte mich vom Schlag getroffen, nachdem ich den Betonklotz verlassen hatte. Ungewohnte, strahlende Sonne aus einem wolkenlosen, blauen Himmel empfing mich; ein Wetterzustand, den man im meist verregneten Aachen nur aus Erzählungen kennt.

Die erwartungsvollen Menschen, die auf der Suche nach ihrem Transferbus waren, verunsicherten mich. Die stinkenden Dieselwolken, die die laufenden Motoren der Omnibusse produzierten, nahmen mir die Luft zum Atmen. Ich schwitzte von jetzt auf gleich aus allen Poren und wäre am liebsten auf der Stelle umgekehrt in die klimatisierte Kühle des Gebäudes.

Sabine sah hingegen meine Situation ausgesprochen pragmatisch. „Zieh endlich deine Lederjacke aus, Tobias! Du schwitzt dich zu Tode", mahnte sie. „Wir haben Sommer." Sie sah mich begeistert an. „Ist das nicht schön hier?"

„Wenn du meinst", antwortete ich gedehnt und ließ meinen gelangweilten Blick schweifen. Verheißungsvoll fand ich die Umgebung nicht, wir standen in der Abgaswolke zwischen einer Heerschar von Menschen und Reihen von Bussen und waren von drei Seiten aus Bergen von Beton, Parkhäusern für die Autos und Hallen für die Menschen umgeben. Einzig die Palmen, die ungewohnten, schönen Palmen, die dem Gestank trotzten und grüne Farbkleckse in das Transportzentrum zauberten, konnten mich erfreuen. Diese Palmen in der zugebauten Welt erschienen mir wie ein Hoffnungsschimmer, lenkten meine Gedanken ab von den eiligen Menschen, die nicht schnell genug in ihre Hotels kommen konnten. Beim Transfer zu unserem Urlaubsort Santa Ponsa entdeckte ich Dinge, die mir wider Erwarten gefielen. Die zum Teil liebevoll restaurierten Windräder mit ihren blau-weißen Flügeln in der Ebene von Palma, mit denen das Grundwasser für die Feldbewässerung gewonnen wurde, sahen recht hübsch aus. Die häufigen Kreisverkehre anstelle von beampelten Kreuzungen sorgten trotz der vielen Autos und Busse für ein zügiges Vorwärtskommen auf den Straßen. Schließlich war es die Landschaft, die mich beeindruckte, auch wenn sie an vielen, nicht bewässerten Stellen in der Ebene verdörrt und ausgetrocknet schien. Die Hügel und Berge, an denen vorbei sich nach Süden die Straße, eine Autobahn, schlängelte, erstaunten mich. Die vielen Olivenbäume, die schlanken Palmen, die großen Oleanderbüsche mit ihren roten und weißen Blüten gaben der Landschaft eine unvergleichbare Farbigkeit vor dem hellblauen Himmel und munterten die staubig trocken, zum Teil von Steinen übersäten Felder auf.

Ich konnte meine Neugierde nur schwer verhehlen, als wir endlich in Santa Ponsa ankamen. Hier schwirrten die Menschen zuhauf durch den Ort, Kleinwagen wieselten unruhig umher, Mopeds knatterten rücksichtslos auf den Straßen, auf denen trotz des Sonntags Hochbetrieb herrschte. Das Städtchen gehörte, wie ich aus meinem Reiseführer wusste, nicht mehr zu den begehrtesten Urlaubsorten auf der Insel und hatte seine Hochzeit schon vor Jahrzehnten erlebt. Rund um eine tief ins Land eindringende Bucht hatte sich der Ort entwickelt, in die Berghänge hinein waren die weißen und ockergelben Hotels und Appartementhäuser gebaut worden, was nach Ansicht meines Reisebuchautors zu einer wenig attraktiven Zersiedelung der Landschaft geführt hatte. Der Schreiberling hatte sogar von „Bausünden" in diesem Touristenort gesprochen, der vom Pauschaltourismus eher preiswerter Kategorien dominiert würde.

„Was soll's?", hatte Sabine nur gemeint in Anbetracht der kritischen Beschreibung von Santa Ponsa als eines preiswerten bis billigen Urlaubsortes statt des Luxus an anderen Stellen. „Hauptsache ist doch wohl, dass du mit mir zusammen auf Mallorca bist. Oder?"

Sie hatte in unserem zwar älteren, aber äußerlich durchaus noch ansprechenden Hotel den Zimmerschlüssel besorgt und war vom langen Flur durchs Zimmer direkt auf den Balkon gestürzt.

„Schau mal", rief sie begeistert, „schau dir diesen Ausblick an!"

Langsam trat ich neben Sabine und lehnte mich an das farblose Balkongeländer. Vorsichtig blickte ich mich um. Immerhin befanden wir uns im siebten Stockwerk eines nicht mehr taufrischen Gebäudes.

Wir hatten in der Tat einen traumhaften Ausblick auf die Bucht und auf den gegenüberliegenden Berghang, der hinter den Hotelhochhäusern sattes Baumgrün lieferte. Das Meer faszinierte mich auf Anhieb, die Farbenvielfalt des klaren Wassers vom traumhaften hellen Grün bis zum tiefen Blau war einfach einmalig für jemanden, der Rur, Wurm, Pau und Übach kannte, und entschädigte für den Verdruss, den ich bisher mit diesem aufgenötigten Urlaub hatte. Unter mir erkannte ich die Pools des Hotels mit den umgebenden Sonnenliegen, auf denen Menschen brieten. An einer Seite des gepflasterten, grünlosen Geländes fand ich eine schmale Steintreppe, die bis zu einem Kiesstreifen direkt am Meer führte. Das war wohl der im Prospekt so vollmundig angepriesene eigene Badestrand, kommentierte ich höhnisch. Mich konnte der vermeintliche Strand nicht weiter stören, ich hatte nicht die Absicht, im zwar klaren, aber bestimmt nicht sauberen Wasser zu baden.

„Na", Sabine hatte mich von hinten umarmt und ihr Kinn auf meine Schulter gelehnt, „gefällt es dir hier?", zwitscherte sie mir heiter ins Ohr.

„Es geht", brummte ich grantig. „Mit dir gefällt es mir überall auf der Welt."

Insel-Casanova

Die Wegbeschreibung, die mir Moreno für die Fahrt mit dem Wagen nach Palma de Mallorca am nächsten Tag gegeben hatte, war eindeutig gewesen: von Santa Ponsa über die Autobahn in die Inselhauptstadt. Auf der Schnellstraße zwischen dem Hafengelände und den Häusern sollten wir entlangfahren, bis wir links die weltberühmte Kathedrale des Lichts erkennen würden. Sie sei in ihrer Mächtigkeit überhaupt nicht zu übersehen, hatte Moreno versichert. „Auf der rechten Seite am Ende des Hafengebietsfinden Sie garantiert einen Parkplatz", hatte er außerdem behauptet.

So saßen Sabine und ich im geliehenen Opel Corsa; ich mit durchaus anerkennenden Blicken für die schöne, abwechslungsreiche und ungewohnte Landschaft, die von der Sonne beschienen wurde, meine Fahrerin dagegen ziemlich missmutig, weil sie am Steuer sitzen musste. Der Autoverleiher in unserem Hotel hatte für uns keine Ausnahme zugelassen. Nur gegen die Vorlage des offiziellen, originalen und mindestens drei Jahre alten Führerscheins rückte er den funkelnagelneuen Kleinwagen heraus. Da ich grundsätzlich nie meinen Führerschein mitnahm, war Sabine zwangsläufig dazu verdammt, mich bei meinen Arbeitseinsätzen auf Mallorca zu transportieren.

Die Zufahrt zum Yachthafen in der Bucht von Palma zu Beginn der Innenstadt war nicht jedermann gestattet, wie ich mit einem Blick erhaschen konnte. Eine Schranke versperrte die Straße hinein. Die Yachten an den durch Drahtzäune und Tore gesicherten Stegen gehörten nicht zu den kleinsten auf der Welt und waren bestimmt nicht so nebenher aus der Portokasse zu finanzieren. Die zunächst modernen Hochhäuser auf der anderen Seite der breiten Einfallstraße vermittelten auch wegen der großen, oftmals deutschsprachigen Werbetafeln den Eindruck, in einer modernen Großstadt zu sein, die sich genauso gut an einer anderen Stelle auf dieser Welt befinden könnte, wenn da nicht der wunderschöne, einzigartig blaue Mallorca-Himmel gewesen wäre und die schlanken Palmen entlang der vierspurigen Straße, die an eine mediterrane Region erinnerten.

Langsam näherten wir uns der älteren Bebauung, der eigentümlichen Mischung aus maurisch- spanisch- mallorquinischer Architektur, den teilweise maroden, teilweise hübsch restaurierten Häusern, und erblickten dann endlich, leicht erhöht liegend, die großartige Kathedrale; ein attraktiver Blickfang, harmonisch und symmetrisch aus hellem Stein gebaut. Stolz und Würde strahlte das alte Gotteshaus aus.

Moreno hatte nicht zu viel versprochen. Auf dem zweiten Parkplatz vor dem Zollgebiet auf einer Landzunge fanden wir problemlos einen Abstellplatz, der für deutsche Verhältnisse erschreckend kostengünstig war. Für die vielen Stunden bis zum Abend schluckte der Parkscheinautomat umgerechnet nicht einmal zwei Mark. Es waren fast nur Touristen, die in der brütenden Hitze ihre Vehikel auf der schattenlosen Fläche parkten.

Erst bei einem späteren Besuch in Palma bekam ich heraus, dass sich wegen der heißen Mittagszeit normalerweise niemand freiwillig in der Innenstadt aufhielt und deshalb von der Stadtverwaltung für die Stunden von zwölf bis sechzehn Uhr keine Gebühr verlangt wurde.

Ich musste mich von dem traumhaften Blick losreißen, den ich von der Landzunge auf die Bucht und auf die Kathedrale hatte. Ich hätte lange an dieser Stelle verharren können und zugesehen, wie das

Meer gegen die Felsbrocken und die Befestigungsmauer klatschte. Es war schön, die Häuser zu betrachten, die entlang der in einem großen Bogen geschwungenen Bucht mit zunehmender Entfernung im Blick immer kleiner wurden, bis sie endlich von den grünen Hängen auf der anderen Seite der Bucht verschluckt wurden. Dominiert wurde der Ausblick von der ungewöhnlichen Kathedrale, die über der Stadt thronte.

Sabine zerrte mich wortkarg weiter über die Straße, vorbei an der Kirche und dem davor liegenden Königspalast. Direkt neben einer Miro-Plastik auf einer Freifläche am S'Hort del Rei hatten wir uns verabredet. Die Bronzeskulptur „Loch mit Eierkopf" sei nicht zu übersehen, hatte Moreno uns versichert. Er wollte dort auf uns warten.

Einsilbig schlurfte Sabine neben mir her. Sie wäre lieber in Santa Ponsa geblieben, hatte sie mir verärgert erklärt. Nach ihrer Vorstellung von Urlaub hätte ich gearbeitet und sie die Sonne angebetet.

„Aber nein, der allmächtige und über alle Zweifel erhabene Herr Grundler vergisst seinen Führerschein", hatte sie mit mir geschimpft und mich mit funkelnden Augen angesehen.

Meinen Versuch, sie mit einem Kuss zu versöhnen, wies sie brüsk zurück.

„Weil du mir heute den Tag versaust, musst du morgen mit zu Maria Guillot", verlangte meine Liebste kategorisch. Sabine hatte sich am Morgen mit der Künstlerin für Dienstag verabredet. Anscheinend freute sich die ehemalige Aachenerin auf den Besuch aus der alten Heimat.

In meinem Großmut stimmte ich meiner Sekretärin zu, aber auch dadurch schaffte ich es nicht, sie zu besänftigen. Auf Anhieb fand ich die treffend, wenn auch respektlos beschriebene Plastik des spanischen Künstlers. Angelehnt an das Metall blickte ich mich suchend in der von Touristen belebten Umgebung um, als sich auch schon mit einem strahlenden Lächeln ein gut gekleideter, großer, schlanker Mann Anfang 30 näherte.

„Sie sind's doch", sagte er geradezu begeistert und reichte mir die Hand, „ich habe Sie auf Anhieb wiedererkannt."

Die Erinnerung war einseitig. Für mich war der schwarzhaarige, gut gebräunte Mann ein Fremder, der sich in seinem Stolz für attraktiv und unwiderstehlich hielt.

Nach dem freundlichen Händeschütteln hatte Moreno allerdings keinen Blick mehr für mich, seine Augen blieben an meiner attraktiven Begleiterin kleben. Er fletschte seine makellosen, perlweißen Zähne und ließ seine dunkelbraunen Augen funkeln, er hätte Sabine am liebsten mit Haut und Haaren verschlungen.

Meine arbeitsunwillige Sekretärin genoss offensichtlich die wohlwollende, respektlose Musterung und lächelte den jungen Schwerenöter unverschämter Weise charmant an.

„Wollen wir hier etwa Wurzeln schlagen oder was?", brummte ich ungeduldig. Der Kerl ging eindeutig zu weit, er sollte sich gefälligst mit mir beschäftigen, statt Sabine so dreist anzustarren.

Unaufhörlich mit meiner Sekretärin plaudernd, führte uns Moreno durch die Stadt, über einen breiten, mit einem Mittelstreifen voller Platanen versehenen Boulevard mit interessanten Häusern und entlang eleganter Geschäfte mit hochwertigen Waren.

Unzweifelhaft war Palma eine Großstadt mit einem eigenen Charakter, aber nicht zuletzt auch dadurch geprägt, dass, wie in jeder ordentlichen Großstadt, der übermächtige Autoverkehr in den engen Asphaltbändern der Innenstadt zu Staus und Verstopfungen an allen Ecken und Kanten führte. Fast die Hälfte aller sechshunderttausend Mallorquiner wohne in der Inselhauptstadt, informierte Moreno ungefragt meine Mitarbeiterin. „Hier im Zentrum finden Sie alles", behauptete er kühn.

Und zwar in einer durchaus ansprechenden Form, wie ich zugeben musste. Palma war schön, beschloss ich, ohne die Stadt richtig erlebt zu haben, Palma war ganz anders, als ich es mir vorgestellt hatte. Spießig, klein, provinziell, ländlich, mit diesen Attributen hatte ich die Stadt in meinem Vorurteil versehen. Palma war nach meinem ersten Eindruck international und grün, lebhaft und harmonisch, laut und zugleich still. Die Stadt gefiel mir.

„Schau mal!" Sabine hielt mich am Jackenärmel fest und zeigte auf das Schaufenster einer Galerie. Darin waren Bilder von Maria Guillot ausgestellt, wie ein Täfelchen informierte. Unverschämte eine Million Peseten und sogar mehr wollte der Galerist für die von ihm als Meisterwerke bezeichneten Gemälde haben. Mindestens zwölftausend Mark, waren das, wie ich für mich ausrechnete.

„Maria hat halt ihren Preis", bemerkte Moreno bedauernd, „der Wert ihrer Werke steigt fast täglich. Sie könnte die Künstlerin dieses Jahrzehnts werden." Er sah verträumt auf ein Bild, das mich in seiner kunterbunten Abstraktheit auf drei mal vier Metern Leinwand überhaupt nicht reizen konnte. „Marias Werke passen nicht mehr in die Gehaltsklasse eines einfachen mallorquinischen Rechtsanwaltes", beklagte er.

Voller Stolz berichtete Sabine, dass wir am nächsten Tag Maria besuchen würden und sie versprach dem schmachtenden Moreno, ihm ein Autogramm der anscheinend so begehrten Künstlerin zu verschaffen. Er sei ein Fan von Maria Guillot, hatte er gesagt und nahezu jedes Wort aufgesogen, das Sabine über Maria samt ihrer Aachener Vorgeschichte erzählte.

Zu einem Essen lud uns Moreno in ein Lokal mit einem gewölbeartigen Saal ein, das sich wahrscheinlich in einer ehemaligen Maschinenhalle befand, obwohl Moreno preisend von einem Keller oder Celler sprach. Darin gefiel es mir wahrscheinlich deshalb umso besser, weil sich nur wenige Touristen hierhin verlaufen hatten. Nach unserer Stärkung kamen wir endlich zum eigentlichen Anlass unseres Treffens, was Moreno augenscheinlich außerordentlich bedauerte, musste er doch seine Stielaugen von Sabine abwenden.

Wir ließen sie in einem netten Café an einem attraktiven Platz zurück, als mich Moreno in einem Seat Ibiza zum Gefängnis fuhr. Vorsichtshalber hatte ich mir ein Streichholzschächtelchen eingesteckt, das griffbereit auf dem Cafétisch lag. Für den Fall, dass ich Moreno aus den Augen verlieren sollte, konnte ich wenigstens meine Liebste allein wiederfinden. „Xim's", so hieß nach der Werbeaufschrift der Schachtel das Café am Placa Llotja.

Nur kurz hatten wir uns bei einem Zwischenhalt in seiner Kanzlei aufgehalten, zwei kleinen Räumen in einem von außen unscheinbaren, aber von innen vollständig modernisierten Haus in einer ruhigen Nebenstraße.

„Zu mehr reicht es nicht", hatte Moreno entschuldigend erklärt, „das Leben in Palma ist sehr teuer." Er würde deshalb nicht in der Stadt wohnen, sondern draußen auf dem Lande.

Moreno hatte mir die übersetzten Niederschriften der Ermittlungsunterlagen gegen Kehren gegeben. Ich solle sie mir in einer ruhigen Minute zu Gemüte führen, schlug er vor. „Aufregendes werden Sie nicht finden", meinte er.

Bei der rasanten Fahrt über die vollgepfropften Straßen lernte ich erneut den Wert der wendigen Kleinwagen schätzen, die anscheinend von fast hundert Prozent aller Fahrer benutzt wurden. Zwei typische deutsche Wagen der Mittelklasse hätten in dem Gewirr der engen Gassen im Begegnungsverkehr einen unauflösbaren Verkehrskollaps verursacht. Für die kleinen Flitzer fand sich hingegen irgendwie immer noch eine Lücke. Es sei doch noch leer auf den Straßen, behauptete Moreno, als wir uns aus dem Zentrum stauten. Abends würde er bei der Heimfahrt fast in einer Abgaswolke ersticken, meinte er, ohne dass er dadurch mein Mitgefühl wecken konnte.

Warum mich seine beiläufig geäußerte Bemerkung, seine Gattin würde deshalb fast nie mit dem Wagen nach Palma fahren, in gewisser Weise aufatmen ließ, wollte ich nicht weiter ergründen. Ich schaute mich lieber um und wunderte mich über die vielen Rohbauten, Bauruinen und Baulücken, aber auch die scheinbar abbruchreifen, dennoch bewohnten Häuser entlang der Straßen.

„Unser Baurecht ist längst nicht so ausgereift wie das in Deutschland", erklärte Moreno. Da käme es, besonders in landschaftlich attraktiven oder touristisch erschlossenen Regionen häufiger vor, dass mit dem Bau ohne Vorlage einer Genehmigung begonnen würde, die dann aus rechtlichen Gründen versagt bliebe. Deshalb liege etwa an der Ostküste eine komplette, schlüsselfertige Appartementanlage brach. „Wie sagt man bei Ihnen: Man vertraut auf die normative Kraft des Faktischen. Aber diese Kraft hat oftmals doch nicht die nötige oder sogar nötigende Wirkung, die sich die wilden Bauherren und Investoren erhoffen." Er lächelte grimmig vor sich hin.

„In diesem Chaos hat sich einer meiner Mandanten, Pedro Menendez, heillos verstrickt. Er wird wahrscheinlich auf der Strecke bleiben", mutmaßte er, ohne mein Interesse erregen zu können. Morenos Ankündigung, er müsse diesen Mandanten ebenfalls kurz im Gefängnis besuchen, begeisterte mich nicht. Seinem Vorschlag, ihn bei dem Mandantengespräch zu begleiten, stimmte ich dennoch zu. Zaungast bei einer Unterhaltung zwischen Spaniern zu sein, war bestimmt unterhaltsamer als das Warten im Wagen oder einem stickigen Gefängnisraum.

Moreno hatte mir deutlich zu verstehen gegeben, dass er mich auf keinen Fall alleine mit Kehren lassen würde. „Dadurch untergrabe ich nur meine eigene Autorität", hatte er erklärt, „was sollen nur die Wächter denken, wenn sich ein spanischer Anwalt verzieht und ein deutscher unbeaufsichtigt mit einem deutschen Untersuchungshäftling redet?"

Je mehr wir uns aus dem Zentrum der Inselhauptstadt entfernten, umso unordentlicher und ungeordneter wurde der Zustand der Straßen und der Häuser. Abgebrochene Balkone störten niemanden, frei liegende Versorgungsleitungen gehörten zum Alltagsleben, die Straßen waren nicht mehr von Bordsteinen begrenzt, statt des glatten Pflasters auf den Gehwegen gab es nur noch Schotter oder Sand. Selbst die Palmen sahen kläglich aus.

Das liege an der Trockenzeit, gab Moreno zu bedenken. Dann sei vieles in der Natur grau und braun, von den Bäumen und Büschen abgesehen oder den künstlich bewässerten Flächen in den Touristenhochburgen, in Palma oder auf den Feldern der reichen Großgrundbesitzer. Die Wasser fördernden Windräder in der Ebene seien im Prinzip auch nur die berühmten Tropfen auf den heißen Stein. „Wenn in zwei oder drei Wochen im Oktober endlich der Regen kommt, wird Mallorca zur grünsten Insel der Welt mit erträglichen Temperaturen um die 22 Grad Celsius", fügte er zu seinem eigenen Trost an.

Moreno gab mir den Rat, mich luftiger zu kleiden. „In Ihren Jeans bildet sich ein Hitzestau, der Sie nicht nur schwitzen lässt, sondern auch ungesund ist für die Durchblutung der Beine." Der Anwalt lenkte den Wagen an den Straßenrand, ohne auf meine Erwiderung zu warten.

„Hier haben Sie einen guten Blick auf das neue Gefängnis von Mallorca."

Viel sah ich nicht, sondern gerade einmal zwei hohe Drahtzäune, die eine grau-braune, pflanzenlose, ebene und daher völlig überschaubare Fläche umgrenzten, und dahinter eine hohe, helle Mauer aus Beton. Das Gefängnis sah nüchtern und funktionell aus.

„Eine Luxusherberge für Verbrecher", schimpfte Moreno vor sich hin, „das Ding ist viel zu teuer und viel zu elegant geworden."

Der Kontrast bot sich nur wenige Meter weiter. Düster und windschief wirkte der klotzige Bau, vor dem Moreno einen Parkplatz suchte.

„Hier, in diesem alten Gemäuer, hausen jetzt unter anderem auch noch unsere Mandanten Kehren und Menendez." Er quetschte den Ibiza in einer dreckigen Straße zwischen zwei Wagen an eine schmutzige Mauer. Gemächlich schlenderte er zu einer unscheinbaren Tür, fast freundschaftlich grüßte er einen uniformierten Wachmann, der davor stand und uns unkontrolliert in das Gefängnis hineinließ.

„Das Betreten ist kein Problem", schmunzelte Moreno, „aber die Wächter lassen niemanden gerne wieder hinaus." Die Eingangskontrollen seien sehr lasch. Doch habe es trotz der anscheinenden Oberflächlichkeit des Personals höchst selten Ausbruchsversuche gegeben. Fast alle seien erfolglos geblieben.

„Kehren kommt hier nicht ohne Entlassschein raus, auch wenn das Personal ihn zur Begrüßung noch mit einem freundlichen Schulterklopfen empfangen haben sollte«, sagte der Anwalt ironisch.

Gefängnis-Blues

Durch verschiedene dunkle Gebäude und über lange, nur von wenig Tageslicht schwach erhellte Flure liefen Moreno und ich ohne Begleitung, bis wir an einer offen stehenden Tür ankamen, die zu einem fensterlosen Zimmer führte. Dort wartete Kehren schon auf uns. Ein schläfrig wirkender Wachmann verließ wortlos den einfachen Raum, als wir eintraten.

Kehren erhob sich mühsam von einem Schemel hinter einem kleinen, dreckigen Holztisch und reichte uns schlapp die Hand. Der schmalbrüstige, nicht sonderlich große Mann sah erschöpft und ungepflegt aus.

Ich konnte mich nicht an ihn erinnern. Kehren war mit Sicherheit kein wichtiger Mandant gewesen. Er trug einen zerknitterten Sportanzug und Badelatschen. Seit Tagen hatte er sich nicht rasiert, sein schütteres, aus der Form geratenes graues Haar war ungekämmt, seine tief liegenden Augen waren trübe. Augenscheinlich ging es ihm nicht sonderlich gut. Für einen Oberstudienrat aus Aachen war eine Gefängniszelle in Palma de Mallorca wahrlich auch nicht die standesgemäße Unterkunft. Es sei denn, dieser Oberstudienrat aus Aachen war ein Verbrecher, und als solcher wurde er von der mallorquinischen Polizei angesehen.

Zu Recht oder zu Unrecht, das hatte sich noch zu erweisen. Mir jedenfalls kam die Auffassung der Polizei, man glaube Kehren nicht, ausgesprochen spanisch vor.

Er möge mir bitte einmal das Geschehen aus seiner Sicht schildern, bat ich ihn, nachdem wir uns an den Tisch gesetzt hatten. Meinen Notizblock hatte ich vor mir abgelegt, den Kugelschreiber legte ich griffbereit daneben.

Kehren sah mich hoffnungsvoll an, bevor er mit stockender Stimme leise berichtete: „Ich habe mit meiner Frau am frühen Abend, so gegen halb acht, einen Spaziergang gemacht. Wir wollten von Cala Millor am Wasser entlang über die Halbinsel nach Sa Coma und anschließend über die Hauptstraße zurück." Die

Sätze schienen auswendig gelernt, was mich nicht verwunderte, wahrscheinlich hatte Kehren sie schon mehrfach bei der Vernehmung durch die Polizei heruntergeleiert. „In den Klippen haben wir uns verlaufen. Als wir zurück zu einer Weggabelung wollten, ist meine Frau umgeknickt. Sie hat sich dabei vermutlich den Fußknöchel gebrochen. Annegret konnte jedenfalls unmöglich weiter laufen. Wir haben ausgemacht, dass sie liegen bleibt und ich Hilfe hole. Ich bin nach Sa Coma gehastet und habe dort im ersten Restaurant direkt am Strand einen Arzt alarmiert." Er hätte elend lange warten müssen, bis endlich ein Arzt und einige Sanitäter gekommen seien. „Es wurde langsam dunkel, sodass wir uns den Rückweg mit Taschenlampen und Scheinwerfern ausleuchten mussten. Dabei sind wir wohl vom direkten Weg abgekommen. Es hat jedenfalls sehr lange gedauert, bis wir Annegret gefunden haben." Kehren senkte die Augen. „Sie lag tot auf der Erde", flüsterte er weinerlich. „Jemand hat ihr mit Steinen den Schädel eingeschlagen." Der Lehrer schluckte schwer und sah mich verzweifelt an. „Die Polizei hat mich gleich mitgenommen. Ich durfte mir gerade noch in meinem Hotelzimmer ein paar Kleidungsgegenstände in einen Koffer packen. Dann haben sie mich hier eingesperrt." Kehren schossen endlich die von mir schon seit Minuten erwarteten Tränen in die Augen.

„Holen Sie mich raus, Herr Grundler! Hier krepiere ich. Ich bin unschuldig."

Ich nickte verständnisvoll und rieb mir nachdenklich über die Nase. „Warum haben Sie Ihre Frau nicht mitgeschleppt?"

„Wie denn?" Kehren schüttelte verzweifelt den Kopf. „Annegret ist zwei Köpfe größer als ich und wiegt über hundert Kilogramm. Da wären wir nicht weit gekommen."

Das war einleuchtend, wenn ich mir das schmächtige Männlein betrachtete. „Welche Bekleidung trugen Sie?"

„Normale Urlaubskleidung, ein T-Shirt, eine Sporthose."

„Und diese Badelatschen?" Ich deutete auf Kehrens Füße.

„Nein. Sportschuhe."

„Und was trug Ihre Frau?"

„Das Gleiche", antwortete Kehren leise.

Moreno räusperte sich. „Fast das Gleiche, um ehrlich zu sein, Herr Kehren, nicht wahr?"

Kehren stimmte mit einem kurzen Kopfnicken zu.

„Annegret trug dünne Sandaletten, weil vor unserem Spaziergang ein Schnürsenkel ihres Sportschuhs gerissen ist."

„Womit wir die typische Situation haben", meldete sich Moreno zu Wort. „Die Touristen verkennen die Gefahr und laufen mit dem falschen Schuhwerk herum." Diese Feststellung gelte nicht nur für das Gebirge, sie gelte auch für die felsige Küstenlandschaft. „Die törichten Touristen glauben immer, es gebe überall entweder Sandstrand oder asphaltierte Wege, die nur für sie reserviert sind."

Grübelnd schaute ich zunächst Moreno, dann Kehren an. „Also ein nicht ungewöhnlicher Unfall mit einem tragischen Ende?"

So sei es, bestätigten beide.

„War's ein Raubmord?"

„Es wird der Fall sein", antwortete Moreno anstelle von Kehren. „Die Polizei hat wenige Meter vom Tatort in der Geldbörse von Annegret Kehren nur noch die Ausweispapiere gefunden. Dem Täter oder den Tätern ging es nur ums Geld. Sie haben die hilflose Frau gefunden und erschlagen."

„Es geht fast immer nur ums Geld", knurrte ich und betrachtete nachdenklich Kehren.

„Annegret hatte noch am Geldautomaten fünfundzwanzigtausend Peseten gezogen und mitgenommen", berichtete er flüsternd. „Bestimmt sind wir dabei beobachtet worden."

„Haben Sie eigentlich ein Handy?"

Für einen Moment schien Kehren meine Frage nicht verstanden zu haben.

Fast jeder habe inzwischen ein Handy, erklärte ich. Ohne ginge es anscheinend nicht mehr, behauptete ich, obwohl ich mir selbst nie ein derartiges Gerät anschaffen würde.

Jetzt begriff der Oberstudienrat offenbar meine Frage, aber er verneinte entschieden. Warum ich danach frage, wollte er wissen.

Ich winkte ab, es tue ohnehin nichts mehr zur Sache, bemerkte ich beiläufig. „Ein Handy hätte Ihrer Frau vielleicht das Leben retten können."

Ich wandte mich an den spanischen Anwalt. „Sind irgendwelche Spuren gefunden worden, Fingerabdrücke auf dem Portemonnaie oder auf Steinen, Fußspuren oder etwas anderes?"

„Nichts dergleichen", antwortete Moreno bedauernd, „es gibt keine Anhaltspunkte. Wir haben die Leiche von Frau Kehren, die Aussage von Herrn Kehren und die Behauptung der Polizei, unser Mandant habe seine Frau erschlagen und einen Unfall vorgetäuscht."

Diese Angaben waren mehr als dürftig.

„Was hat die Obduktion ergeben?", fragte ich und erhielt die Antwort, die in den unbefriedigenden Rahmen passte.

„Das Ergebnis ist bis jetzt nicht veröffentlicht worden und steht uns damit bedauerlicherweise offiziell nicht zur Verfügung", erklärte Moreno. Seinem mokanten Lächeln glaubte ich entnehmen zu können, dass er die Obduktionsergebnisse dennoch besaß oder darüber unterrichtet worden war; bestimmt hatte auch er, wie jeder gute Jurist, seine privaten Beziehungen zu den Ermittlungsbehörden. Aber das war jetzt nicht der Zeitpunkt, um ihn darauf anzusprechen.

„Wie viel Geld war das noch mal?" Ich sah Kehren fragend an.

„Fünfundzwanzigtausend Peseten. Das sind knapp dreihundert Mark", erläuterte er. „Die sind jetzt spurlos verschwunden."

Dreihundert Mark, das war zu viel Geld für einen gewissenhaften Oberstudienrat, um es wegen der Vortäuschung eines Raubmordes einfach wegzuwerfen, dachte ich mir und erinnerte mich an Sabines Hinweis, Kehren habe seine Gebühr fristgemäß am letzten Tag und auf den Pfennig genau auf unser Konto eingezahlt.

„Wie viel Geld wurde bei Ihnen gefunden?"

„Ein paar hundert Peseten in Münzen", antwortete Kehren, der mich verwundert anschaute. ‚Was soll diese Frage?', wollte sein Blick mir sagen.

Das Fehlen der fünfundzwanzigtausend Peseten sei ein eindeutiges Indiz für einen Raubmord und entlaste ihn zugleich, erklärte ich ihm, obwohl ich wusste, dass diese Begründung nicht sonderlich überzeugend war.

Doch stieg Kehren voll darauf ein. „Ich habe immer von einem Raubmord gesprochen. Es ist in Cala Millor schon seit Wochen das Gerücht in der Welt, eine

Bande süchtiger Jugendlicher raube Touristen aus. Das waren bestimmt diese Dreckskerle." Kehren ereiferte sich. „Diese Bande nutzt die Stimmung gegen die deutschen Touristen aus."

Anscheinend folgte Kehren der Vermutung von Moreno. Vielleicht war diese Auffassung aber auch sein Rückhalt, um an seinen Freispruch zu glauben. Wenn es gelänge, die Stimmung zu verändern, würde sich auch die Einstellung der Polizei ändern und sie sich auf die Suche nach der Jugendbande machen.

„Es ist doch so, dass man meine Schuld beweisen muss und nicht ich meine Unschuld", sagte Kehren geknickt, „ich kann nur das sagen, was wirklich passiert ist."

Im Prinzip hatte er Recht. Doch was nützte es uns, wenn momentan auf Mallorca anders gedacht wurde?

„Sie nehmen also einen Raubmord an und glauben an eine Verschwörung?"

Kehren stimmte mir zu. „Es ist nicht das erste Mal in diesem Sommer, dass ein Tourist auf mysteriöse Weise auf Mallorca ums Leben gekommen ist. Das ist bestimmt schon der dritte Fall. Sie brauchen nur die Zeitungen zu lesen."

Moreno wandte sich unbehaglich auf dem harten Stuhl. „Das kann auch Zufall sein, Herr Kehren."

„Glaube ich nicht", fiel ihm der Lehrer mit einem plötzlichen Wutanfall ins Wort.

„Wir werden es herausfinden." Beruhigend sprach ich auf den zitternden Kehren ein. „Und wir werden unser Möglichstes tun, um Sie hier herauszuholen." Am Mittwoch würde ich zum Unfallort fahren und mich umschauen, klärte ich ihn über meinen nächsten Schritt auf. Es würde mich nicht wundern, wenn ausgerechnet ich auf Spuren stieße, die alle anderen übersehen hätten, behauptete ich durchaus von mir überzeugt.

Ich war überrascht, dass Kehren zustimmte, als Moreno zum Aufbruch drängte. Mit einem erstaunlich festen Händedruck verabschiedete er sich von mir. „Wenn mich einer hier herausholen kann, dann sind Sie es, Herr Grundler. Ich vertraue darauf", sagte er hoffnungsvoll.

Ich nickte stumm und folgte Moreno, der räuspernd im Türrahmen gewartet hatte.

„Menendez ist ein ganz anderer Typ und obendrein ein hoffnungsloser Fall", sagte er mir, während er zielstrebig durch das muffige Gefängnis lief. „Ich bin gespannt, welchen Eindruck Sie von ihm haben werden."

Schon äußerlich lagen zwischen Kehren und Menendez Welten. Ein Kerl wie ein Baum richtete sich vor uns auf, ein muskulöser, breitschultriger Mann, der nicht viel älter als ich sein konnte.

Von der temperamentvollen Unterhaltung zwischen Moreno und Menendez bekam ich nichts mit. Sie redeten so schnell gegeneinander, schrien sich zeitweise sogar an, dass ich bisweilen befürchtete, Menendez würde seinem Anwalt an die Gurgel springen. Offensichtlich war der Mandant cholerisch. Manchmal war er ruhig und gelassen, um im nächsten Moment wie von der Tarantel gestochen hochzuspringen und loszubrüllen.

Das Wachpersonal sah tatenlos zu, anscheinend gehörte ein derartiges Verhalten zum Normalfall. Was immer Menendez verbrochen haben sollte, er machte nicht den Eindruck, als sei er unschuldig.

„Was ist mit dem?", fragte ich Moreno, als wir den tobenden Menendez verlassen hatten, der, in Fußketten gefesselt, in seine Zelle zurückgeführt wurde.

Moreno sah mich mit einem breiten Grinsen an. „War doch unterhaltsam für Sie, oder?"

„In der Tat", bestätigte ich. „Was ist mit dem?", wiederholte ich meine Frage.

„Menendez soll einen Immobilienmakler ermordet haben. Die beiden hatten vereinbart, dass Menendez für den Makler eine Feriensiedlung an der Ostküste bauen sollte. Es gab konkrete Baupläne und auch schon etliche Investoren, die ihre Appartements bereits bezahlt hatten. In Erwartung der Großbaustelle hat der kleine Bauunternehmer Menendez seinen

Gerätepark modernisiert und erweitert und sich dabei enorm verschuldet." Moreno zuckte mit den Schultern. „Dann kam es, wie es immer häufiger kommen wird, die Behörden haben die Bauanträge nicht genehmigt. Die Siedlung sollte in einem Naturschutzgebiet entstehen und das lehnte die Baubehörde strikt ab. Sie hat sogar die Geräte von Menendez unter Verschluss genommen."

Das weitere Geschehen war konsequent. Menendez konnte nicht arbeiten, seine Zinszahlung nicht mehr leisten, er ging in Konkurs, seine Bagger, Kräne und Lastwagen wurden für wenig Geld zwangsversteigert. „Jetzt sitzt der kleine Bauunternehmer auf einem Berg Schulden. Verantwortlich dafür macht er den großen Makler."

„Den er deshalb umgebracht hat?", fragte ich.

„Den er deshalb umgebracht haben soll", verbesserte mich Moreno. „Tatsache ist wohl, dass Menendez vor knapp drei Monaten den Makler in dessen Büro aufgesucht hat und ihn nach einem ergebnislosen Gespräch damit drohte, er würde ihn umbringen." Der Anwalt verzog das Gesicht. „Zu Menendez' Pech ist das Gespräch mit einer Videokamera und mit einem Tonbandgerät, die in dem Büro versteckt installiert waren, aufgezeichnet worden."

Moreno hob resignierend die Arme. „Zwei Tage später war der Makler spurlos verschwunden und ist seitdem nicht mehr aufgetaucht. Verständlicherweise glaubt jetzt jeder, Menendez habe seine Drohung wahr gemacht."

„Was sagt Ihr Mandant dazu?"

„Er streitet den Mord ab. Aber das wird ihm nichts nützen. Er gilt als gewalttätig und ist bereits wegen schwerer Körperverletzung vorbestraft, nachdem er einen zahlungsunwilligen Bauherrn krankenhausreif geschlagen hat. Für die Richter wird der Fall klar sein. Menendez wird als Mörder auf Lebzeiten hinter Gittern wandern", sagte mein Begleiter ohne Gefühlsregung.

„Warum verteidigen Sie ihn überhaupt?", fragte ich ungehalten. Anscheinend gab sich Moreno keine Mühe, um die Interessen von Menendez zu vertreten.

„Weil ich ihn verteidigen muss", seufzte der Anwalt. „Ich habe den Fall aufs Auge gedrückt bekommen, ich bin gewissermaßen der Pflichtverteidiger."

„Glauben Sie an seine Schuld?"

Moreno sah mich streng an. „Es kommt nicht darauf an, was ich glaube. Ich kann seine Unschuld nicht beweisen."

Damit ließ er mich stehen und hastete zu seinem Auto.

Schweigend lief ich hinter ihm her.

Auf der Rückfahrt verzichtete ich zunächst darauf, mich mit Moreno zu unterhalten. Ich hockte mich auf den Beifahrersitz und dachte dösend über das Gespräch mit Kehren nach. Für mich blieb unbegreiflich, dass die Polizei ihn unter Mordverdacht festhielt, weil sie trotz mangelnder Beweise seiner Aussage nicht glaubte.

„Alles andere als ein Freispruch für Kehren wäre ein Justizskandal", meinte ich schließlich doch zu meinem Chauffeur, der mir nickend zustimmte.

„Für Kehren ist ein Freispruch jedenfalls wahrscheinlicher als für Menendez." Moreno sah mich vielsagend an, aber ich blickte bloß gelangweilt aus dem Seitenfenster.

Das Schicksal seines spanischen Mandanten interessierte mich nicht mehr sonderlich.

Von meiner schroffen, ablehnenden Haltung ließ sich Moreno nicht entmutigen. „Der Makler hat Menendez in den finanziellen und den persönlichen Ruin getrieben. Da kann ich verstehen, dass Menendez ausgerastet sein könnte."

„Ist er oder ist er nicht?", knurrte ich ungehalten.

„Er soll", antwortete Moreno ausgesprochen ruhig. „So lange die Leiche des angeblichen Mordopfers nicht gefunden wurde, so lange ist auch nicht eindeutig geklärt, dass Menendez das Opfer getötet hat."

„Dann ist doch alles ganz einfach", meinte ich salopp.

„Sie brauchen nur Ihren vermissten Makler zu finden, tot oder lebendig, am besten natürlich quietschfidel. Ich würde Ihnen gerne behilflich sein, aber ich kann leider kein Spanisch."

Moreno sah mich mit einem heiter erstaunten Blick an. „Sie haben sich keinen Deut geändert, Herr Grundler. Sie sind noch genauso wie zu Studienzeiten."

Offenbar sollte ich diese Bemerkung als Kompliment auffassen, jedenfalls verstand ich sie so.

„Sie halten nicht viel von der Bandentheorie, die Kehren aufgetischt hat?", fragte ich den Anwalt, als wir fast schon wieder in der Stadtmitte von Palma de Mallorca waren.

„Ich will sie nicht grundsätzlich ausschließen, aber ich kann sie nicht beweisen. Gegen die Theorie spricht vor allem, dass es eine derartige Kriminalität bisher bei uns nicht gegeben hat." Moreno hustete kurz. „Entgegen vieler Vorurteile ist bei uns auf den balearischen Inseln die Kriminalität weitaus geringer als auf dem Festland. Sie wird höchstens von den Fremden mitgebracht«, fuhr er fort.

Moreno hatte es eilig, nach Palma zu kommen. „Ich kann doch Ihre charmante Begleiterin nicht so lange allein lassen", schmunzelte er.

Am liebsten hätte er sie umarmt und nicht mehr losgelassen, so kam es mir jedenfalls vor, als wir auf Sabine stießen.

Sie erzählte begeistert von ihrem Stadtbummel. „Hier müssen wir unbedingt noch einmal hin, Tobias", schwärmte sie, „es gibt viele tolle Sachen zu sehen."

Die gebe es nicht nur in Palma, meinte Moreno lächelnd. „Ich kann Ihnen nur einige Ausflüge empfehlen und würde Ihnen gerne einmal das Landleben näher bringen." Der Insel-Casanova lud uns mit seinem charmanten Lächeln zu einem Besuch bei ihm ein und Sabine sagte spontan und begeistert zu.

Zunächst wolle sie jedoch Maria Guillot besuchen, erinnerte sie und fügte schnell hinzu: „Außerdem muss mein Chef noch nach Cala Millor, oder wie das Kaff heißt."

Rübezahl

Die Beschreibung, die mir Moreno für die Fahrt nach Palma gegeben hatte, war erheblich genauer gewesen als der Routenvorschlag von Maria Guillot. „Ihr müsst zunächst nach Sóller, am besten von Palma über die Schnellstraße durch den Tunnel und in Sóller nach der Ortseinfahrt die zweite Straße rechts, dann links und dann wieder rechts. Nach knapp zwei Kilometern seid ihr bei mir."

So jedenfalls hatte mir Sabine den Verlauf ihres Telefonats mit Maria Guillot geschildert und mit dieser Auskunft im Kopf machten wir uns auf den Weg zu der angeblich so renommierten Künstlerin, die ich nicht kannte.

Die Landschaft, die wir durchfuhren, war interessant und abwechslungsreich. Über den Autobahnring fuhren wir westlich an Palma vorbei, hatten schon bald die Straße nach Sóller erreicht und kamen an den typischen, von Steinmauern umgrenzten Feldern vorbei, auf denen malerisch verstreut Mandel- und die knorrigen Olivenbäume wuchsen. Oleanderbüsche in Weiß und Rot und ungeahnter Größe standen, wie selbst gepflanzt, am Straßenrand. In der Ferne erkannten wir die massive Gebirgskette, die in den strahlend blauen Himmel ragte.

„Ist es nicht schön hier?", fragte mich Sabine, ohne eine Antwort zu erwarten.

Ich hätte ihr auch nicht widersprochen und freute mich auf die immer näher kommenden Berge, begeisterte mich immer wieder aufs Neue für die Kreisverkehre, die eine flüssige Verkehrsführung erlaubten, und genoss die Farbenpracht der Büsche. In den Hängen, die bald vor uns lagen, hatten die Menschen Terrassen angelegt, um dort Landwirtschaft betreiben zu können.

Die Landschaft strahlte eine angenehme Ruhe aus und dann fiel mir auf, was es fast nicht gab und worüber wir in Deutschland ununterbrochen stolperten. Es gab fast keine Strommasten oder Überlandleitungen.

Langsam, fast unmerklich gewannen wir an Höhe und näherten uns der Bergkette, die die Küste um Sóller von der Ebene um Palma trennte. Die kurze, mautpflichtige Tunnelpassage und die anschließende kurvenreiche Fahrt ins Tal hinein an der Apfelsinen- und Zitronenstadt Sóller vorbei in Richtung Port de Sóller erforderte große Konzentration von Sabine. Da konnte sie kein Auge auf die Schönheiten der Region werfen.

Für einen Augenblick waren Sabine und ich verunsichert. Hatte Maria Guillot Sóller gemeint oder etwa Port de Sóller, den Hafen von Sóller?

„Künstler wohnen immer in Wassernähe", behauptete ich kühn, „sie lassen sich davon inspirieren."

Kommentarlos schloss sich meine Fahrerin meiner Vermutung an und fuhr weiter zum Meer.

Port de Sóller gefiel mir auf Anhieb. Dort waren in dem Naturhafen früher einmal die Zitrusfrüchte ausgeschifft worden, die auf den Hängen rund um Sóller geerntet wurden. Aber diese Zeit war längst vorbei. Jetzt war Port de Sóller zum pulsierenden Hafenstädtchen geworden, das ruhig geblieben wäre, wenn es den Tunnel nach Palma nicht gäbe. Mit dem Tunnel kamen die Touristen zuhauf in den Ort, mit ihm nahm der Verkehr auf der Hauptstraße zwischen Hafenbecken und Häuserzeile massiv zu. Dennoch fand ich Port de Sóller auf Anhieb attraktiv und sympathisch; die Stadt, die in die Hänge gebauten Häuser, die von Felsen umgebene Bucht mit dem Naturhafen und den beiden kleinen Badestränden.

„Hier möchte ich um nichts in der Welt Urlaub machen oder leben", kommentierte Sabine naserümpfend das unterhaltsame Panorama, „hier gibt es doch viel zu viele Autos, die die Luft verpesten. In den Straßencafés kann man überhaupt nicht sitzen." Die von langsam kriechenden Autos fast verstopfte schmale Straße parallel zum kiesigen Strand, getrennt nur von einem Gleisstrang, schmälerte nach ihrer Auffassung die Wohnqualität erheblich.

In mir hingegen weckten die Gleise Vorfreude. ‚Hier fährt bestimmt noch eine Straßenbahn', dachte ich mir und wurde wenige Augenblicke später bestätigt, als sich bimmelnd und ratternd das alte Schienenfahrzeug näherte.

Zweite Straße rechts, links und sofort wieder rechts, Sabine hielt sich exakt an die Angaben ihrer ehemaligen Nachbarin. Zumindest hielt sie sich mit meiner unausgesprochenen Zustimmung fast exakt an die Angaben, denn die erste Möglichkeit rechts nach unserem Linksknick vor einer steinernen Brücke schien als holpriger, unbefestigter Weg nicht weiter zu führen als bis zu einem kleinen Haus mit einem vertrockneten Garten. Bestimmt hatte Maria die breite, gut ausgebaute Straße rechts hinter der Brücke gemeint, glaubten Sabine und ich übereinstimmend.

Die Straße zog sich kurvenreich von Port de Sóller weg in ein Seitental hinein, in eine Wohngegend, in der es beachtliche, weiß getünchte Villen hinter hohen, weiß getünchten Mauern mit stabilen, gusseisernen Toren gab.

„Hier leben die Bessergestellten", meinte ich neidlos zu Sabine, „ganz allein unter sich und mit Blick auf die Bucht. So wie deine berühmte Nachbarin."

Meine Freundin hörte nicht auf mich, sondern suchte angestrengt nach einer Hausnummer. Schließlich hielt sie vor einem Prachtbau, beziehungsweise vor einer stattlichen, weißen Mauer mit stabiler Tür, die den Blick auf den vermutlichen Prachtbau versperrte. Zögerlich drückte sie auf den Klingelknopf, der diskret im Mauerwerk eingelassen war, ein Namensschildchen hatten wir vergeblich gesucht.

Überraschend schnell wurde das Tor geöffnet, eine ältere Dame, die trotz der zerlaufenen Figur selbstbewusst und unangemessen einen Bikini trug, musterte uns kritisch.

Unsere Bitte, Maria Guillot zu sprechen, stieß auf unausgesprochenes Unverständnis. Die Seniorin runzelte ihre zerfurchte Stirn und gab uns damit eindeutig zu verstehen, dass Maria Guillot für sie kein Begriff war. Diese Frau wohne hier nicht, sagte sie schließlich in einwandfreiem Deutsch. Sie kenne alle Nachbarn, aber eine Maria Guillot sei hier gänzlich unbekannt. Wir müssten uns verfahren haben, glaubte sie, uns erklären zu müssen.

Verunsichert wendete Sabine in einer Garagenzufahrt und fuhr wieder bergab in meine mallorquinische Lieblingsstadt.

„Müssen wir etwa doch auf diesen winzigen Schotterweg?", fragte sie voller Zweifel.

Ich zuckte ahnungslos mit den Schultern und kratzte mir durch das kurze Haar. „Wir können es ja versuchen", schlug ich vor. „So lernen wir wenigstens etwas von der Gegend kennen." Doch dann winkte ich ab. Ich hatte das verrostete Schild entdeckt, das versteckt hinter einem Busch an einem dürren Pfahl hing und den Weg als Sackgasse und Privatstraße auswies.

„Wir müssen unser Glück bestimmt in Sóller versuchen", bekannte ich kleinlaut.

Vorsichtig steuerte Sabine den Corsa nach einer Runde durch einige enge, belebte Einbahnstraßen in Port de Sóller zurück ins Landesinnere. In Sóller hielten wir uns exakt an die Angaben von Maria Guillot.

Hinter dem Kreisverkehr am Ortseingang fuhren wir die zweite Straße rechts, dann sofort links und wieder rechts. Erneut standen wir vor einem steinigen, schmalen Weg, der auf den ersten Blick ins Nichts zu führen schien.

„Dann wollen wir mal", munterte Sabine uns auf, atmete durch und legte den ersten Gang ein.

Wir passierten zu unserem Erstaunen neben dem ersten Gebäude auf dem holprigen Weg noch andere scheinbar leerstehende Häuser und rechneten damit, bald am Ende einer Sackgasse zu stehen. Doch immer weiter führte uns die steinige Piste in einem fast unmerklichen Bogen und mit geringer Steigung in die Bergregion hinein. Nach einigen einfachen Kurven kam die erste Serpentine, bei der Sabine leicht schluckte. Bei der zweiten umkrampfte sie das Lenkrad, bei der dritten bekam sie einen Schweißausbruch auf der Stirn. Die felsige Andeutung einer Straße wurde immer schmaler, der Abhang an den ungesicherten Rändern wurde immer tiefer. Seitlich lagen ausgedörrte Wiesen, dahinter erhob sich eine karge, schroffe Gebirgslandschaft.

Ich schwieg, wollte Sabine nicht durch eine dumme Bemerkung in der Konzentration stören. Ich war heilfroh, nicht selbst am Steuer sitzen zu müssen.

Aus dem unwirtlichen Nichts tauchte plötzlich vor der nächsten Serpentine rasend schnell ein dunkelblauer Citroen-Kastenwagen auf, was Sabine mit einem spitzen Aufschrei kommentierte. Der Fahrer machte eine vehemente Vollbremsung und rutschte in einer Staubwolke mit blockierten Reifen auf uns zu, ehe er mit dem alten, zerbeulten Wagen Zentimeter vor der Kühlerhaube unseres Corsas zum Stillstand kam.

Das Problem war offensichtlich, wie ich erkannte, während ich mir die Schweißperlen von der Stirn wischte. Wie sollen wir nur aneinander vorbeikommen auf diesem engen Steinweg mitten in der beinahe menschenleeren Gegend?

Der Fahrer hatte das Seitenfenster heruntergekurbelt und beugte seinen mächtigen Oberkörper hinaus. Er fuchtelte wild mit den Armen und schrie Sabine auf Spanisch an. Der schwarzhaarige, vollbärtige Hüne erinnerte mich an Rübezahl. Er ließ sich noch nicht einmal vom überwältigenden Anblick meiner Liebsten beeindrucken, sondern schimpfte unentwegt wie ein Rohrspatz.

Langsam stieg in mir die Wut hoch. Was konnten wir denn dafür, dass auf Mallorca die Straßen in einem untauglichen, dem Verkehrsaufkommen nicht entsprechenden Zustand waren? Der temperamentvolle Rübezahl sollte aufpassen, sonst würde er es mit mir zu tun kriegen.

Mit einem Furcht erregenden Schnauben und einem verächtlichen Winken beendete der grobschlächtige

Riese seine müßige Schimpfkanonade und verkroch sich wieder in das Auto. Er prügelte lautstark einen Gang ein und preschte rückwärts wenige Meter bergauf, bis er in eine kleine, aber ausreichende Ausbuchtung einlenkte.

Bedächtig schlichen wir an dem Kastenwagen vorbei. Wütend betrachtete uns der Mann, neben ihm saß ein Beifahrer, der sich bescheiden zurückgelehnt und kommentarlos die Situation beobachtet hatte.

Kaum hatten wir den Citroen passiert, schoss Rübezahl auch schon in wilder Fahrt und viel Staub aufwirbelnd davon.

„Bleib ruhig!", empfahl ich Sabine fürsorglich und streichelte leicht über ihren Oberschenkel.

Sie hatte ihre Augen zu schmalen Schlitzen zusammengezogen und biss sich auf die Unterlippe, ein unzweifelhaftes Zeichen dafür, dass sie innerlich kochte.

„Ich habe mir die Autonummer gemerkt", sagte ich lässig und hatte damit den erwünschten Erfolg.

Sabine lachte mich an. „Dann kannst du ja Anzeige wegen Verkehrsgefährdung erstatten, du Staranwalt."

Konzentriert fuhren wir auf dem Schotter weiter und erblickten endlich und zu unserem Erstaunen vor uns im Hang mehrere Häuser, malerisch verteilt auf verschiedenen Bergterrassen und gut versteckt von vielen Olivenbäumen.

Wir sahen uns verblüfft an.

„Wo sind wir?", fragte ich Sabine, die allerdings keine Antwort wusste. Wir waren in einem Dorf, in einem verträumten Flecken mitten in einem Hochtal ohne Namen und ohne Hinweisschild. Behutsam krochen wir über die geschlängelte Straße an den vereinzelt, weit auseinander stehenden Blocksteinhäusern vorbei, die, hinter kleinen Mauern von großen Gärten umgeben, sich harmonisch in die Landschaft schmiegten. Bei der zweiten Durchfahrt durch das ungewöhnliche Dorf, in dem niemand zu sehen war, sahen wir leicht in Hanglage erhöht an einem Maschendrahtzaun neben einem unscheinbaren Törchen ein kleines Schild, auf dem handschriftlich eine Nummer aufgezeichnet war.

„Das muss es sein«, befand Sabine entschlossen. Sie stellte kurzerhand den Corsa mitten auf dem schmalen Weg ab und stieg aus.

Langsam schritten wir durch das rostige Tor auf einem schmalen Trampelpfad in einen ungepflegt wirkenden Vorgarten und entdeckten ein kleines Haus von der Größe einer Garage, um das der ausgetretene Pfad herumführte.

‚Das ist kein Haus', dachte ich mir, ‚das ist bestimmt der Stall, der zu einem Haus gehört.'

Doch ich hatte mich getäuscht. Das flache, ehemals weiß getünchte Haus mit dem abgeschrägten Dach, mit einer hölzernen, blassen Tür in der Mitte und den beiden kleinen Fenstern links und rechts, schien tatsächlich bewohnt. Dafür sprachen die bepflanzten Blumentöpfe, die Tische und Stühle, eine Liege, eine zwischen zwei schiefen Pfosten aufgehängte Wäscheleine im Hang, an der zwei ausgebleichte Handtücher hingen.

„Meinst du allen Ernstes, hier wohnt Maria Guillot?", fragte ich Sabine zweifelnd. Für mich hatte die schiefe Hütte in der ungeordneten Umgebung nicht die Qualität einer angemessenen Behausung für eine anerkannte Künstlerin.

Obendrein schien die vermeintliche Bewohnerin nicht anwesend zu sein.

Neugierig schritt Sabine am Haus vorbei und blieb vor einer provisorischen Dusche aus einem in eine Astgabel geklemmten Wasserschlauch stehen. Vor einem matten Spiegel und neben einer roten Schüssel auf einem kleinen Tisch unter dem vorgezogenen Dach stand ein Zahnputzbecher mit Bürste und Creme.

Ich stolperte über einige Wurzeln, während ich ihr folgte.

„Sieh dich doch um, Tobias. Hier sieht alles nach einem Platz für einen Künstler aus." Sabine wies auf einige angemalte Steine, leere Farbdosen, ein Einmachglas, in dem Pinsel in einer milchigen Flüssigkeit lagerten, und auf einen großen 20-Liter-Eimer mit weißer Latexfarbe hin. „Bestimmt wohnt Maria hier."

Aber sie sei augenscheinlich nicht zu Hause, entgegnete ich, wobei mir die Bezeichnung Haus nur sehr schwer über die Lippen kam, und blickte mich um.

Das vermeintliche Haus lag gewiss idyllisch in dem ansteigenden Olivenhain, im Hintergrund erkannte ich die schroffe Bergkette, auf der anderen Seite des Hangs gab es sogar einen bewaldeten Berg, der das Hochtal vom Mittelmeer trennte. Hier war die Welt wohl noch in Ordnung, weil es fast keine Zivilisation gab. Vielleicht gab es irgendwoher Strom und Wasser, mehr aber auch nicht. Und es wäre angenehm ruhig gewesen, wenn es nicht das Zirpen gegeben hätte, mit denen sich die Zikaden in der Gluthitze Kühlung verschafften. Das schrille Geräusch, das die Insekten erzeugten, schmerzte im Ohr.

Sabine lief weiter über das kleine Grundstück, ohne ein Lebenszeichen der Künstlerin zu finden.

„Sie hat bestimmt unsere Verabredung vergessen", mutmaßte ich, als wir wieder vor der verschlossenen Haustür standen, „wer weiß, wo sie sich herumtreibt. Vielleicht ist sie zum Waschsalon ins Städtchen gefahren." Das würde jedenfalls erklären, warum wir kein Auto vorfanden. Ohne Auto war man hier in der Wildnis aufgeschmissen. Maria müsste einfach ein Auto haben, behauptete ich.

Hinter der Tür machte ein Telefon mit einem lauten, lang anhaltenden Klingeln auf sich aufmerksam, ohne dass es erhört wurde.

„Was sollen wir tun?" Sabine sah mich fragend an.

Wir sollten eine Nachricht hinterlassen und fahren, schlug ich vor und riss ein Blatt aus meinem Notizblock.

Den beschriebenen Zettel heftete Sabine in den schmalen Schlitz zwischen Tür und Rahmen, dann wandte sie sich mit Bedauern ab. „Schade", sagte sie, „aber vielleicht klappt es ja doch noch." Allzu weit könne Maria auch nicht sein, meinte sie und deutete auf die Blumenkübel, die frisch gegossen waren.

Auf der Rückfahrt wollte ich gern mehr über Maria erfahren, warum es sie als Aussteigerin nach Mallorca verschlagen hatte und wie sie es in der Einsamkeit aushalten könne.

Doch blieb mir Sabine Antworten schuldig. „Da musst du sie schon selbst fragen, wenn wir wiederkommen", sagte sie lächelnd.

Meine Verwunderung, wie man in einer solch ärmlichen Hütte ohne jeglichen Komfort hausen könne, teilte Sabine ebenso wenig wie meine Vermutung, sonderlich weit könne es mit der Kunst der guten Frau nicht sein.

„Ihre Kunst scheint recht brotlos zu sein, wenn ich mir die armselige Behausung betrachte", sagte ich abwertend.

Sabine widersprach mir und brach mit einem fast schon klassischen Satz eine Lanze für ihre ehemalige Nachbarin: „Die Bescheidenheit ist die unabdingbare Basis für die Kreativität."

Sa Coma

Endlich schienen wir einen ruhigen Urlaubstag vor uns zu haben, freute sich Sabine beim Abendessen im Hotel. „Morgen legen wir uns faul an den Strand und lassen uns von der Sonne rösten."

Aber sie konnte mich mit dieser heißen Aussicht ebenso wenig begeistern wie ich sie mit meinem Alternativvorschlag. Wir seien nicht zum Urlauben auf Mallorca, sondern zur Arbeit, erinnerte ich sie. „Ich will mir morgen den Tatort ansehen, wo Kehren seine Frau umgebracht haben soll. Da brauche ich dich, mein Schatz", sagte ich mit einem entschuldigendem Lächeln, „du musst fahren."

„Du spinnst", beschwerte sich Sabine beleidigt.

Sie blieb wortkarg, als wir abends durch die belebten Einkaufsstraßen von Santa Ponsa schlenderten und hatte unerwarteter Weise nicht einmal Lust, in den verschiedenen Boutiquen zu stöbern. Die hell erleuchteten Geschäfte blieben lange geöffnet und boten so ziemlich alles an, was es gab auf dieser Welt. An den Tischen der Straßencafés saßen braun gebrannte Menschen in luftiger Freizeitkleidung und betrachteten die bummelnden Mittouristen. Aus vielen Kneipen und Diskotheken schallte laute Musik, sodass wir schließlich auf unser Zimmer flüchteten. Aber leiser war es dort auch nicht unbedingt, genau unter uns, sieben Stockwerke tiefer auf der Hotelterrasse hatte eine Musikgruppe begonnen, erbärmlich schlecht schrecklich alte Tanzmusik zu spielen.

Beim Zubettgehen war meine Liebste wieder versöhnt, nicht zuletzt deshalb, weil ich ihr versprochen hatte, mir doch eine Badehose zu kaufen und mit ihr am Strand von Sa Coma baden zu gehen. Wir hatten uns Sa Coma zum Ziel unserer Fahrt ausgesucht, weil dieser Ort zwischen S'Illot und Cala Millor lag, den beiden Touristenzentren, in denen meinen Mandanten Kehren und Stemmler die Missgeschicke widerfahren waren. Der Ort schien mir daher für meine Untersuchung strategisch günstig.

Ich hatte zuvor bei unserem Bummel mit Moreno telefoniert und dabei eine Feststellung gemacht, die mich an der Qualität und den technischen Fähigkeiten der deutschen Telekom zweifeln ließ. Auf Mallorca war es fast an jeder öffentlichen Telefonzelle möglich, sowohl mit einer Telefonkarte als auch mit Münzen zu bezahlen. Die radikale Trennung in Deutschland, wo entweder Karte oder Geld verlangt, aber in keiner Zelle die Alternative angeboten wurde, gab es nicht und kam mir hinterwäldlerisch vor. Da ging der technische Fortschritt an uns vorbei. Über Manacor müssten wir fahren, von dort nach Porto Cristo und dann weiter nach Norden in Richtung S'Illot und Cala Millor, hatte mir der Anwalt vorgeschlagen. Wie Moreno schätzte, würden wir rund einhalb Stunden für die Fahrt benötigen.

„Kehren setzt all sein Vertrauen in Sie", meinte er aufmunternd, als er zum Abschluss unseres Telefonats kommen wollte.

Hoffentlich täuschte er sich nicht in meinen Möglichkeiten. „Hat Kehren eigentlich schon einmal Besuch gehabt außer von Ihnen oder von mir?", fragte ich.

„Nein", antwortete der Anwalt spontan, „es kümmert sich sonst niemand um ihn."

„Aber Sie haben seine Verwandten in Deutschland benachrichtigt?"

„Gewiss. Aber da gibt es außer den Kindern, die ich nicht erreichen konnte, und einer Schwester, die mit ihm auf Kriegsfuß steht, nur noch den Schwager, den Bruder der Ehefrau. Der ist verständlicherweise sehr zurückhaltend."

„Warum? Glaubt er etwa der Mordversion?"

„Das nicht", beschwichtigte Moreno unverzüglich, „aber er hat auch nicht das beste Verhältnis zu ihm, wie Kehren mir gesagt hat."

Ob ich schon die übersetzten Unterlagen bearbeitet hätte, wollte Moreno wissen, doch musste ich verneinen. Ich hätte noch keine Zeit und Muße dafür gehabt, bekannte ich. „Sind sie denn so wichtig?"

„Eigentlich nicht", antwortete der Anwalt, „aber es hätte ja sein können, dass Sie auf etwas gestoßen wären, das ich übersehen habe."

Ich schwieg dazu. „Was macht eigentlich Ihr Preisboxer Menendez?", fragte ich stattdessen, weniger aus tatsächlichem Interesse als vielmehr aus der Erkenntnis, dass ich noch einige Peseten als Guthaben in dem Münzfernsprecher hatte.

Moreno lachte gekünstelt auf. „Er geht morgen in die entscheidende Runde. Aber er hat fast keine Chance. Es wird wohl einen kurzen Prozess geben. Ich habe einfach nichts in der Hand, das ich zu einer wirkungsvollen Verteidigung vorbringen könnte."

Einige Gedanken gingen mir durch den Kopf. Es war eigentlich nicht meine Aufgabe, mich in diesen anscheinend hoffnungslosen Fall einzumischen. Dennoch fragte ich Anteilnahme vortäuschend: „Wissen Sie denn, wo das Geld der Investoren geblieben ist?"

„Woher soll ich?", antwortete Moreno mit einer Gegenfrage. „Vermutlich liegt es auf einem Konto des Maklers und setzt dort Schimmel an. Aber selbst, wenn ich es wüsste, würde es nichts daran ändern, dass Menendez wegen Mordes verurteilt wird."

Ehe ich etwas erwidern konnte, brach das Telefonat abrupt ab. Die letzten Peseten waren verbraucht.

Die Fahrt zur Ostküste brachte wieder neue Eindrücke von Mallorca, die mehr und mehr zur Insel der tausend Gesichter wurde. Fast auf jedem Kilometer unserer Fahrt entdeckte ich Ungewöhnliches und Überraschendes.

Nachdem wir die Autobahn hinter Palma verlassen hatten, fuhren wir durch eine ebene bis leicht wellige Landschaft, die sich bis zu den Hügelketten am Horizont erstreckte. Die Felder und Wiesen waren mit bis zu einen Meter dicken Steinmauern begrenzt. Von den Straßen führten Wege tief in die Grundstücke hinein, die meist an einem, von Grün umgebenen Haus endeten. Gelegentlich gab es Wald. Ich entdeckte sogar ein Hinweisschild am Straßenrand, das auf Schildkröten hinwies.

Die Straße nach Manacor, der laut Reiseführer zweitgrößten Stadt auf Mallorca, war voller Kleinwagen, Laster und Reisebusse, die die Touristen durch die Gegend kutschierten. Die Prospekte, mit denen die preiswerten Busfahrten zu verschiedenen Attraktionen, verbunden mit einer ewig langen Verkaufsschau angeboten wurden, lagen überall herum und wurden ungefragt verteilt.

Offenbar gehörte die heiße Sonne aus dem strahlend blauen Himmel mit nur wenigen kleinen Wolken ebenso zum allgegenwärtigen Bild von Mallorca wie die Olivenbäume, die Mandelplantagen und die Oleanderbüsche. Die Dörfer, die wir durchfuhren, sahen leer aus, wenige Geschäfte priesen zwar Lebensmittel an, aber vor vielen Fenstern und Türen waren grüne, geschlossene Klappläden.

Hier lebt niemand, vermutete ich.

Sabine meinte hingegen, die Bewohner wollten die Hitze nicht in die Häuser lassen. „Die Mallorquiner sind nicht so blöd wie wir Touristen, die zur heißesten Mittagszeit unbedingt draußen sein müssen."

Mehrere Möbelproduzenten und eine Perlenfabrikation, die ihre Ware mehr in Deutsch als in Spanisch anpriesen, passierten wir am Ortseingang von Manacor. Auf den großen Parkplätzen standen die Reisebusse, die die Touristen zu den Verkaufsveranstaltungen gebracht hatten.

In Manacor, wo wir fast erschrocken an einer ungewohnten Ampel anhalten mussten, bogen wir über mehrere sinnvolle Kreisverkehre in Richtung Küste nach Osten ab. Schon bald erkannte ich in der Ferne die weißen Hotelburgen, hinter denen an manchen Stellen das blau schimmernde Meer hervorlugte.

‚Hier verbringen also Erna und Walter ihren wohlverdienten Jahresurlaub', dachte ich mir, als Sabine an einem Hinweisschild hinter einem leer stehenden

braunen Gebäudeunikum, das wie eine alte Ritter-
burg aussah und einmal eine Freiluftdiskothek gewesen sein soll, und einem Tierpark nach Sa Coma abbog.

Über eine breite, mit einem palmenbepflanzten Mittelstreifen versehene Straße fuhren wir in den Ort bis
zum vermeintlichen Zentrum. Links hatten wir einen
großen Supermarkt gesehen, daneben gab es eine
große, leblose Baustelle. Jetzt standen wir vor einem
weiteren Kreisverkehr. Rechts schien es zum Meer zu
gehen, schräg vor uns lag eine dürre Weide, geradeaus führte die Straße weiter nach Cala Millor, links
davon gab es eine Zeile mit Geschäften und dahinter
mehrere moderne Bettenburgen.

„Und nun?", fragte mich Sabine unschlüssig.

„Nach rechts, bis es nicht mehr geht", antwortete ich
kurz entschlossen und in der Hoffnung, mich richtig
entschieden zu haben.

Sabine fuhr gehorsam weiter, bis sie an einem großen Wendekreis ankam, an dessen Rand schon mehrere Wagen geparkt waren. Dahinter begann, wie ich
beim Blick über eine kleine Mauer erkannte, der
Strand und das Meer.

„Wir sind am Ziel, mein Schatz", versuchte ich überzeugend zu sagen, ohne allerdings selbst überzeugt
zu sein.

„Wenn du meinst", murmelte Sabine ohne Begeisterung. Sie stieg aus, packte sich vom Rücksitz einen

Beutel und lief über eine kleine Treppe zum Strand. Unter einem Strohdach ließ sie sich nieder. „Du kannst mich hier heute Nachmittag abholen", meinte sie jovial und zog ihr dünnes Shirt über den Kopf aus.

„So willst du hier herumlaufen?", fragte ich entgeistert, als sie verlockend und barbusig vor mir hockte.

„Natürlich", sagte sie gelassen, „so, wie die meisten Frauen. Sieh dich doch einmal um."

Die anderen Frauen interessierten mich weniger. Sorgen machte ich mir wegen der Männer, die Augenschmerzen bekommen würden, wenn sie unentwegt meine Freundin anstarrten.

Ob ich etwa eifersüchtig sei, neckte mich Sabine, was ich entschieden zurückwies.

Ich zog die Landkarte des Reiseführers heraus und orientierte mich. Links von mir, das musste die Halbinsel sein, die Sa Coma von Cala Millor trennte. Mit zusammengekniffenen Augen betrachtete ich den Strand, an dem gebräunte Schönheiten und athletische Jungmänner auf sich aufmerksam machen wollten. Die typische Urlauberfamilie mit Kleinkindern war eindeutig in der Minderheit, was nicht sonderlich verwunderte. Immerhin war die Hauptferienzeit in Deutschland vorbei.

Wo ich das Hotel Playa del Mar in S'Illot finden würde, fragte ich einen eilfertigen Mann, der von uns sechshundert Peseten für das Strohdach als Miete verlangte. Ohne einen Blick von Sabine zu lassen, deutete er stumm auf die Promenade, die sich rechts am Strand entlang zog. Dort lang, wollte er mir damit sagen.

Sabine schien froh, als ich endlich losging. Sie breitete sich auf ihrem großen Badelaken aus und schloss die Augen.

Ich lief die Promenade entlang, die sich zwischen dem Sandstrand und einer Geschäftszeile erstreckte. Schon nach wenigen hundert Metern wurde die Bebauung älter. Ich befand mich nicht mehr im modernen Sa Coma, sondern in S'Illot, wo schon der Zahn der Zeit an den Häusern nagte. In einem großen Bogen führte die Promenade um die Bucht und brachte mich zu einer großen Holzbrücke. Ich lief darüber und geradeaus weiter vom kleinen Strand weg in das Städtchen. Ich hatte das Hotel erkannt, in dem Stemmler untergekommen war.

Interessiert betrat ich den Hotelgarten und schaute mich ungestört um. Schon einige Augenblicke später hatte ich in Poolnähe die für mich wichtigen Informationen gefunden. Vorsorglich schoss ich noch ein Bild mit Sabines Autofocuskamera, dann suchte ich die Hauptgeschäftsstraße und fand dort ein Taxi.

Nach Cala Millor sei es nur ein Katzensprung, behauptete der Taxifahrer, der mir ungefragt erklärte, sein gutes Deutsch stamme aus der Zeit, als er Chauffeur in Berlin gewesen sei. Ich hatte es mir kaum in der Droschke bequem gemacht, da waren wir bereits an Sa Coma vorbei und der Fahrer fragte mich, wohin er mich bringen solle.

Zum Strand, antwortete ich, ich wolle über die Halbinsel zurück.

„Dann passen Sie bloß auf", warnte er mich, „der Weg ist nicht ungefährlich." Erst vor wenigen Wochen sei auf der Punta de n'Amer eine Frau ums Leben gekommen.

„Ich weiß", entgegnete ich, „der Ehemann soll sie erschlagen haben."

Der Fahrer grinste mich aus einer Zahnlücke hämisch an. „Das sagt unsere Polizei. Ich glaube es nicht. Das waren bestimmt einige der nichtsnutzigen, arbeitsscheuen Jugendlichen, wahrscheinlich eine kriminelle Bande."

Neben einem Waldstück am Ortseingang von Cala Millor ließ mich der Taxifahrer aussteigen und wies mir den Weg zum Strand.

Ich befand mich am südlichen Ende einer großen Bucht. In nördlicher Richtung zog sich der Strand entlang, hinter der Promenade begleitet von den hellen Häusern, am anderen Ende erhoben sich einige dunkelgrüne Hügel. Es war die reinste Postkartenidylle, die sich mir bot.

Entschlossen drehte ich mich um und machte mich auf den Weg, immer am Wasser entlang auf die vorgelagerte Halbinsel Punta de n'Amer zuzulaufen. Ich hatte keine Befürchtung, mich zu verirren, ich musste zwangsläufig am Ende der Halbinsel am Strand von Sa Coma rauskommen, wenn ich die Landkarte richtig gelesen hatte. So viel Kartenkenntnis traute ich mir nach meinen unvergessenen Erlebnissen auf der Kaiser-Route von Paderborn nach Aachen allemal zu.

Schon nach wenigen Schritten hatte ich den Sand verlassen und lief über einen felsigen Untergrund, einen Weg konnte ich nur ansatzweise erkennen. Der Fels war nicht einheitlich glatt oder eben, er war voller rauer, unterschiedlich hoher und ohne erkennbare Systematik gewachsener Kanten und Zacken. An windgeschützten Stellen hatte sich in der braungrauen Landschaft etwas Grün angepflanzt. Links rauschte sanft das Meer, rechts, über mir erhöht, konnte ich in einiger Entfernung Büsche und Bäume erkennen.

Ein normales, zügiges Gehen war nicht möglich. Es handelte sich mehr um die ständige Suche nach einem Platz für einen stabilen Stand als ein behändes Vorwärtsschreiten. Wer in diesem unwegsamen Gelände nicht höllisch aufpasste, konnte schnell abrutschen und umknicken, so wie es Maria Kehren passiert war. In Badelatschen oder Sandaletten war der

Weg über die Klippen unverantwortlich, dachte ich mir, als ich stehen blieb, um mich umzuschauen.

Ich war allein. Es gab nichts außer dem Rauschen des Meeres. Ich war froh über den Wind, der die Hitze der prallen Sonne milderte.

Der Weg, oder das, was ich als Weg in dieser ungastlichen Wildnis zwischen Steinen, Klippen und Zacken ausmachte, gabelte sich nach meiner Auffassung. Ich entschied mich für die Spur, die näher am Wasser entlangführte, und stand plötzlich auf nackten Felsen, von denen es mehrere Meter tief ins Meer ging. Hier ging es nicht weiter, ich hatte mich verirrt, ich musste zurück. ‚Wenn dir das bei anbrechender Dunkelheit passiert, ist Holland zweifelsohne in Not‘, dachte ich mir und stellte mir die stämmige Maria und den schmächtigen Ferdinand Kehren vor, die hier umhergestolpert waren. Ihnen war es wie mir ergangen. Alleine würde ich mich im Dunkeln nicht mehr zurechtfinden, gab ich zu und war froh, als ich endlich wieder an der vermeintlichen Abzweigung ankam.

Nachdem ich eine Mauer überklettert und über weitere Felsen gesprungen war, kam ich nach mehr als einstündiger Wanderung endlich am anderen Ende der Halbinsel an.

Ich musste wieder an Kehren denken, ich konnte verstehen, warum sich die Rettungsaktion seiner Frau so lange hinausgezögert hatte, ich konnte auch verstehen, dass es ihm unmöglich war, sie mit dem lädierten Fuß durch das Gelände zu schleppen. Ich konnte nur kein Verständnis dafür aufbringen, dass man überhaupt versuchte, die Halbinsel bei einsetzender Abenddämmerung zu durchqueren.

Das war schlichtweg unverantwortlich und damit typisch für Touristen, die ihre Fähigkeiten leicht überschätzten.

Ich durchquerte ein Waldstück, passierte eine kleine Ruine und stieß wieder auf den Strand von Sa Coma. Lange und mit wachsender Ungeduld suchte ich zwischen den vielen Menschen Sabine, die ich endlich, auf dem Bauch schlafend, fand. Sie sah zum Anbeißen aus, was wohl auch einige Gaffer dachten, die sie schmachtend betrachteten. Ich beugte mich über meine Liebste und weckte sie zärtlich mit einem Biss ins Ohr.

Verschlafen rappelte sie sich auf und rieb sich die Augen. „Ich brauche einen Kaffee", sagte sie gähnend und umarmte mich.

Ob ich fündig geworden sei, wollte Sabine wissen, als wir uns in einem englischen Café an der Strandpromenade niedergelassen hatten.

„Ich weiß nicht", bekannte ich. „Ich weiß nur, dass es ein bodenloser Leichtsinn ist, wenn du ohne festes

Schuhwerk über die Halbinsel läufst." Die Schilderung von Kehren sei durchaus plausibel. „Die Wahrscheinlichkeit, dass seine Frau dort umgeknickt ist und sich den Knöchel gebrochen hat, ist sehr groß."
Eigentlich müsste die Obduktion von Maria Kehren Hinweise auf den Todeszeitpunkt geben. Dann könnte man rekonstruieren, dass Kehren vielleicht gar nicht seine Frau erschlagen haben konnte. Immerhin war er über zwei Stunden unterwegs gewesen, ehe er zu ihr zurückkam.
Das Obduktionsergebnis würde bei Kehrens Verteidigung wahrscheinlich eine wichtige Rolle spielen, vermutete ich. Moreno und ich würden diesen Aspekt gut im Blick behalten. Wir ärgerten uns darüber, dass die Ergebnisse noch nicht vorlagen oder zurückgehalten wurden und die Polizei überhaupt nicht darauf einging.

Ziemlich träge hingen Sabine und ich in dem Café herum und betrachteten die Menschen, die über die hübsche, zum Teil mit Krüppelkiefern bewachsene Strandpromenade liefen. Wir waren müde und hatten zu nichts Lust. Sabine war sogar noch zu faul, sich ins Auto zu setzen. So blieben wir an unserem Kaffee hängen und warteten, dass die Zeit verging.
Erst der Hunger scheuchte uns auf. „Lass' uns nach Cala Millor fahren", bat ich meine Freundin. „Ich möchte sehen, was dort abends los ist."

Offensichtlich warteten viele Touristen auf die Dunkelheit, die überraschend schnell kam. Wir hatten in einem Restaurant an der Promenade gegessen und dabei vergeblich auf mallorquinische Küche gehofft und schlenderten durch die verkehrsberuhigte Zone, vorbei an Kneipen und Geschäften, Wechselstuben und Autoverleihern, Boutiquen und Bekleidungsläden. Rappelvoll war es, die Menschen drängelten sich in den schummrigen Straßen wie auf einem Rummelplatz.

„Hier tanzt der Bär", rief mir Sabine zu, die von einem Kleiderständer zum nächsten strebte.

Mir war das quirlige Treiben eine Nummer zu laut, zu schrill, zu hektisch. Dieses Urlauber-Mallorca stand im krassen Gegensatz zum malerisch gelegenen, idyllischen Örtchen im Berghang, wo Maria Guillot wohnte. Dorthin würde es mich, wenn ich die Wahl hätte, eher ziehen als an den übervollen Strand. Vielleicht hatte die Verkäuferin im Reisebüro das damit gemeint, als sie behauptete, ich sei eher ein Typ für die Westküste als für den Osten von Mallorca.

Weit nach neun Uhr schlug ich vor, noch einmal zum Strand zu gehen. Meinen Plan, einige Meter auf die felsige Halbinsel hinauszulaufen, gab ich sofort wieder auf. Der Spaziergang war ohne Licht lebensgefährlich. Zugleich bewunderte ich die mutigen Rettungskräfte für ihren abendlichen Einsatz. ‚Und das alles nur für eine dicke, deutsche Touristin, die unbedingt in Schlappen durch das Land tappen muss', dachte ich verständnislos.

Sorgen anderer Art hatte Sabine. Ihre wiederholten Anrufe bei Maria Guillot hatten zu nichts geführt. Maria war nicht zu Hause und es lief auch kein Anrufbeantworter, auf dem sie eine Nachricht hinterlassen konnte.

„Wer weiß, wo sie geblieben ist", tröstete ich meine Liebste, „sie wird sich schon melden."

„Wir fahren morgen noch einmal zu ihr", sagte Sabine enttäuscht, »vielleicht ist ihr etwas passiert."

„Blödsinn", entgegnete ich, „was soll schon in der abgeschiedenen Wildnis geschehen?"

Sabine bremste alle meine Beschwichtigungsversuche brutal aus. „Dann fahre ich morgen eben allein", beschloss sie unbeirrt und nötigte mich damit gewissermaßen, sie selbstverständlich zu begleiten.

Auf der Suche nach Maria Guillot

Die Sicherheit, mit der Sabine den Weg aus Santa Ponsa hinaus und in Richtung Sóller fand, war beeindruckend. Es schien, als führe sie tagtäglich diese Strecke. Nur meine Bitte, nicht den Tunnel zu benutzen, sondern über die Serpentinen des Bergmassivs in das Städtchen zu fahren, lehnte sie entschieden ab.

„Mir reicht's, wenn ich gleich wieder über den Feldweg kurven muss", sagte sie.

Aber auch dieses letzte Teilstück von Sóller in das Hochtal bewältigte meine Liebste mit schon bewundernswerter Leichtigkeit.

„Ich glaube, ich mache dich zu meiner lebenslänglichen Chauffeuse", lobte ich sie voller Stolz und erntete eines des atemberaubenden Lächelns von Sabine.

„Mir genügt es, wenn du mein lebenslanger Briefediktierer und Tellerspüler bist", entgegnete sie frech.

Mit Schwung steuerte sie die letzte Serpentine an und fuhr zügig durch bis zur Wohnstätte ihrer ehemaligen Nachbarin.

Wie bei unserem ersten Besuch regte sich kein Leben auf den Wegen in den verstreut liegenden Häusern mit den abgedunkelten Fenstern. Sie schienen auf den ersten Blick menschenleer und still zu sein, wenn ich über das schrille Zirpen der hitzegeplagten Insekten hinweghörte.

Schnell ging Sabine auf das kleine, versteckte Haus zu, in dem sie die Heimstatt von Maria Guillot vermutete, und blieb enttäuscht vor der Tür stehen.

„Sie ist nicht zurückgekommen«, sagte sie und nahm den Notizzettel in die Hand, der immer noch ungelesen in dem Spalt steckte.

Ich hätte es ihr sagen können, ich hatte die vertrockneten Blumen in den Kästen gesehen und die immer noch an der Leine hängenden Handtücher.

„Was wollen wir tun?", fragte mich Sabine, während sie ihr Gesicht an das Fenster in der von einem Gitter gesicherten Eingangstür presste. „Du, Tobias", sagte sie aufgeregt, „da drinnen sieht es total chaotisch aus. Alles liegt durcheinander." Sie sah mich ernst an. „Niemand verlässt seine Wohnung für mehrere Tage, ohne vorher aufgeräumt zu haben. Oder?"

In dieser Absolutheit würde ich ihre Behauptung nicht unterschreiben, immerhin war ich das beste Beispiel für das Gegenteil. Aber im Prinzip hatte Sabine Recht, auch wenn bei einer Künstlerin vielleicht eher meine Maßstäbe als die eines Normalbürgers anzulegen waren.

„Tobias, du sollst nicht philosophieren", mäkelte meine Beste, „tu endlich etwas!"

„Was denn?" Missmutig zerrte ich am Gitter, das nicht nachgab, und rappelte an den Holzverschlägen, die aber von innen verriegelt und nicht zu öffnen waren.

Sabine blieb nachdenklich auf dem Treppenabsatz am Eingang sitzen, als ich ums Haus ging. Aber es gab keinen weiteren Zugang, nicht einmal einen Luftschacht.

„Wir können nicht hinein", erklärte ich meiner betrübten Freundin.

„Können wir wohl", entgegnete sie trotzig. „Tobias, breche die Tür auf oder einen Fensterladen. Ich will wissen, was da passiert ist."

Für einen Moment zögerte ich.

„Wenn du es nicht tust, mache ich es", sagte Sabine entschlossen und packte eine Eisenstange, die sie im Gerümpel hinter einem Oleanderbusch entdeckt hatte.

„Gib her!" Ich hakte die Stange zwischen die Lamellen des Fensterverschlags. Splitternd brach das Holz auseinander. Ich geriet fürchterlich ins Schwitzen bei der Stemmarbeit, wahrscheinlich weniger wegen der körperlichen Anstrengung als vielmehr wegen des Wissens, dass wir gesetzwidrig handelten.

Endlich war das Fenster frei. Mit einem lauten Klirren zersprang das Glas und ich konnte den Rahmen entriegeln.

Schnell kletterte ich in den kleinen, düsteren Raum und erschrak. Es sah tatsächlich wüst im Inneren aus. Regale waren umgekippt, aus einem türlosen Schrank waren Kleider und Unterwäsche auf den Boden geworfen worden. Handtücher und Bettwäsche waren wahllos und auseinander gerissen verstreut.

„Was ist hier los?", fragte Sabine, die mir durchs Fenster gefolgt war, besorgt.

„Hier hat jemand vergessen, aufzuräumen", antwortete ich sarkastisch, während ich langsam in den mittleren Raum schritt und die Türklinke drückte.

Aber die Haustür ließ sich nicht öffnen. Sie war allem Anschein nach von außen verschlossen worden.

Auch dieses Zimmer, eindeutig der größte Raum in der bescheidenen Unterkunft, war durchwühlt worden. Das einfache Doppelbett, das diesen Raum beherrschte, und die Kissen waren umgeworfen worden, eine kleine Nachttischlampe mit einer zersplitterten Glühbirne lag darauf, ein gelb lackiertes Bücherregal hing schräg an einer weiß gestrichenen Wand. Die Bücher, die die Malerei zum Thema hatten, lagen wild verstreut auf dem Boden. Ein kleiner, zerbrochener Tisch und zwei umgekippte Stühle bestätigten eigentlich nur, dass hier Vandalen am Werk gewesen waren. Eine Kompaktanlage mit Radio und CD-Spieler war offenbar mit viel Wucht gegen eine Wand geschleudert worden.

„Deine Maria ist auch nicht gerade eine reinliche Hausfrau", bemerkte ich trocken zu Sabine, während wir durch das Zimmer über die Bücher und Kissen in den anderen angrenzenden Raum gingen.

Ich rümpfte die Nase wegen des strengen Geruchs, der in der Küche aus einem Abfalleimer aufstieg. Geschirr lag zertrümmert auf der Spüle oder dem Fliesenboden. Einige Töpfe lagen in einer Ecke.

„Das sieht wahrlich nicht gut aus", meinte ich bekümmert zu Sabine, die erschrocken die Hände vor den Mund zusammenschlug.

Wir gingen bedrückt zurück in den Mittelraum. Mein Blick fiel auf das moderne Telefon, das in zwei Bettlaken verwickelt die Zerstörung des Inventars überstanden hatte. Mit meinem Kugelschreiber drückte ich auf die Taste für die Wahlwiederholung und im Display erschien eine Nummer mit deutscher Vorwahl und aus dem Ortsnetz von Aachen, die ich mir notierte. Der im Telefon integrierte Anrufbeantworter war ausgeschaltet, was erklärte, warum der Daueranruf von vorgestern unbeachtet bleiben musste.

„Weißt du, was ich glaube?" Sabine sah mich mit entsetzter Miene an. „Maria ist entführt worden, man hat sie von hier mit Gewalt verschleppt."

Diese Ansicht schien nicht abwegig zu sein, meinte ich zustimmend in bestem Juristendeutsch. Nach einem weiteren Rundblick durch das Chaos fragte ich verwundert: „Fällt dir nichts auf?"

Sabine sah sich ebenfalls um und schüttelte verneinend den Kopf. „Was ist denn?"

„Ich sehe hier kein einziges Werk deiner Künstlerin. Findest du es nicht auch merkwürdig, dass es hier kein einziges Bild oder eine Skulptur gibt?" Ich deutete auf einige Nägel in der Wand über dem Bett und neben der Tür. „Da haben garantiert Bilder gehangen. Die hat man ebenso wie Maria mitgenommen."

„Tobias, was bedeutet das?" Sabine hatte sich gebückt und sammelte behutsam einige Scherben ein, die sie auf dem Boden unter einem umgeschlagenen, vermoderten Teppich gefunden hatte.

„Maria ist wahrscheinlich entführt worden und mit ihr haben die Ganoven auch noch ihre Kunstwerke eingesackt", antwortete ich. Ich konnte mir nicht vorstellen, dass dieser Zustand der Verwüstung der Normalzustand sei, in dem Maria Guillot leben würde. So chaotisch war selbst ich nicht.

„Du meinst, hier waren Verbrecher am Werke?" Sabine sah mich betroffen an.

„Bestimmt." Vielleicht stimmte es auch nicht, aber mit dieser Antwort konnte ich meine Liebste am ehesten beruhigen. Vielleicht war die Entführung auch nur inszeniert, aber diese Vermutung behielt ich lieber für mich.

„Wir müssen die Polizei alarmieren", forderte Sabine spontan.

„Und landen prompt im Knast", entgegnete ich genauso schnell. Das Beispiel Kehren war mir Lehre genug. „Wir werden erst mit Moreno sprechen."

Begeistert über die Wahl von Moreno als Kontaktperson war ich gerade nicht, doch ich hatte keine Auswahl. Außer Moreno kannten wir niemanden auf dieser Insel.

„Aber nicht von hier", fuhr ich fort und schob Sabine durch das aufgebrochene Fenster. „Wir rufen ihn von Port de Sóller an."

„He! Was machen Sie da?" In Deutsch rief uns jemand barsch die Frage zu, als wir durch den verwilderten Vorgarten zur Straße liefen. „Was wollen Sie hier?", fragte mich ein gedrungener Mann Ende vierzig mit unverkennbarem Bardenberger Zungenschlag. Der energische Mann in leichter Sommerkleidung erinnerte mich sehr an einen ehemaligen Alemannen-Kicker, der sein fußballerisches Glück in Köln und in München gefunden hatte, bevor er als Arzt Wiedergutmachung betrieb für alle die Tritte, die er auf dem Fußballfeld ausgeteilt hatte. Aber es war jetzt bestimmt nicht der passende Zeitpunkt, um den Mann nach seiner Herkunft zu fragen. Ich fragte mich insgeheim, aus welchem Verschlag er in dieser vermeintlichen menschenleeren Ödnis gekommen war.

„Wir suchen Maria Guillot", antwortete an meiner Stelle Sabine mit einem freundlichen Lächeln. „Aber sie ist nicht zu Hause. Kennen Sie sie?"

Der skeptisch blickende Mann nickte. „Sie ist meine Nachbarin."

„Wissen Sie, wo sie sein könnte?" Ich hatte wenig Hoffnung auf eine aufklärende Antwort, vielmehr wollte ich Marias Nachbarn von unserem Tun ablenken. Es hätte mir noch gefehlt, dass der Kerl sein Handy benutzt hätte, das am Hosengürtel hing.

„In Palma, in Luxemburg, in Madrid, in Deutschland, in San Francisco. Sie ist so oft auf Ausstellungen, dass sie fast keine Zeit mehr zum Malen ihrer merkwürdigen Bilder hat. Ich weiß nicht, wo sie ist." Er sah die Straße hinauf, auf der sich zwei Gestalten näherten. „Wisst ihr vielleicht, wo Maria ist?", fragte er die beiden auf Deutsch.

Doch die Männer verneinten. „Am besten fragen Sie Donna Anna", schlug einer von ihnen vor und deutete auf einen von Grün umrankten Torbogen in einer Mauer auf der gegenüberliegenden Seite des Weges, wenige Meter entfernt. „Sie wohnt dort in der Finca und kennt Maria am längsten von uns allen." Unentwegt ließ er seine glänzenden Augen auf meiner Liebsten ruhen, die diese Musterung sichtlich genoss.

Vorsichtig schritten wir durch den Torbogen und liefen staunend über einen gepflasterten, von einer niedrigen Hecke umsäumten Pfad leicht bergab. Nach wenigen Schritten standen wir in einem farbenprächtigen Garten, der Weg führte weiter an Tischgruppen vorbei zum Eingang eines liebevoll renovierten Gebäudes aus Bruchstein mit mehreren Etagen. Das war kein Haus, das war eine liebevoll zusammengestellte Ansammlung von miteinander verbundenen Häusern, die in einem Eingangsbereich zusammenstießen. Die schwere Eingangstür aus dunklem Holz stand offen. Wir traten in einen angenehm kühlen, lichten Flur. Vor uns lag eine kleine Hauskapelle, zu allen Seiten zweigten Gänge und Treppen ab. Wir befanden uns in einer schönen Finca, die sich vor den deutschen Höfen nach Gutsherrenart beileibe nicht zu verstecken brauchte.

„Hallo!", rief ich und erntete einen missbilligenden Blick von Sabine, die ihrerseits „Hola" rief. Noch sei Mallorca nicht deutsch, raunzte sie mir zu. Die Höflichkeit gebiete es, die wenigen Brocken Spanisch, die wir als Touristen kannten, aus Respekt vor unseren Gastgebern auch zu verwenden. Da sei ein „Hola" anstelle eines „Hallo" noch die geringste Selbstverständlichkeit.

Sabine rief noch einmal ihr „Hola" und endlich schlurfte eine zierliche, ältere Dame heran.

Die elegant gekleidete Seniorin war weit in die achtzig und musterte uns vertrauensvoll. „Sie sind Deutsche?", fragte Donna Anna uns in unserer Muttersprache und ich nickte verblüfft. Wieso sprach eine alte Frau mitten auf Mallorca fernab jeglichen Tourismus deutsch mit uns?

Sie lächelte. „Ich habe bis vor zwanzig Jahren in Deutschland gelebt und dort das Obst und die Oliven verkauft, die meine Familie hier auf unserem Hof anbaute. Dann musste ich leider zurück nach Hause, um die Verwaltung unseres Anwesens zu übernehmen." Die auskunftsfreudige Dame sah uns freundlich an. „Ich bin immer gut mit Ihren Landsleuten ausgekommen. Was kann ich für Sie tun?"

Sabine klärte sie über unsere Suche nach Maria auf, ohne auf die vermeintliche Verschleppung einzugehen. Das hätte die betagte Frau vielleicht nur zu sehr aufgeregt.

Maria sei wohl unterwegs, erklärte uns die Senioren unbekümmert. Mehrfach sei der Wagen von Maria vorgestern am Morgen umhergefahren, wie immer, wenn Maria ihre Bildersammlung oder ihre neuesten Werke zu einer Ausstellung transportieren würde. „Sie kommt wieder", sagte Donna Anna zuversichtlich, „sie ist bestimmt für ein paar Tage zu ihrem Galeristen nach Palma gefahren. Maria hätte es mir gesagt, wenn sie wieder einmal für ein paar Wochen verreisen würde." Sie habe Maria das kleine Haus auf der gegenüberliegenden Straßenseite, in dem früher Landarbeiter gewohnt hätten, vermietet. „Maria ist eine liebe Frau, fast so etwas wie eine Tochter für mich. Sie kann dort wohnen bleiben, solange sie will."

,Glücklicherweise hatte sie nicht gesagt, so lange sie lebt', dachte ich mir. Langsam begann sogar ich mir Sorgen zu machen. Es regte sich zwar niemand in dem Dorf hier auf, wenn Maria für ein paar Tage unangekündigt verschwand, weil das wohl typisch für sie war. Aber das jetzige Verschwinden schien mir nicht freiwillig gewesen zu sein.

Es hätte mir zu meinem Glück noch gefehlt, dass ich mitten auf Mallorca in eine Entführung hineinplatzte.

„Wissen Sie denn, was für einen Wagen Maria fährt?", fragte ich höflich.

„Einen dunklen Kastenwagen", antwortete Donna Anna bereitwillig, „ich glaube, ein französischen Modell."

Sabine sah mich erschrocken an. Sie dachte anscheinend dasselbe wie ich. Der Rübezahl, der uns auf der Gebirgsstraße ausgeschimpft hatte, war in Marias Wagen unterwegs gewesen.

Mit der Behauptung, wir würden später noch einmal kommen, verabschiedeten wir uns von der höflichen Senioren, nicht ohne zuvor noch ein Glas köstlichen, frisch gepressten Orangensaft spendiert bekommen zu haben.

In Port de Sóller setzten wir uns zunächst in ein gemütliches Café, das nur den einen Nachteil besaß, dass es unmittelbar an der Uferstraße lag und uns gratis mit einer Abgaswolke belieferte. So zogen wir um zum Hafen und landeten im Café de Mallorca, wo wir uns auf der überdachten und bewachsenen Terrasse niederließen.

Uns stand nicht der Sinn danach, das quirlige Treiben auf dem Wasser zu beobachten. Wir mussten uns abreagieren und unsere Gedanken sortieren, wobei es eigentlich nicht viel zu sortieren gab.

Maria Guillot war verschwunden und Sabine hatte die Absicht, sie zu finden.

„Was sollen wir machen, Tobias?"

Ich rührte nachdenklich in meiner Kaffeetasse. „Ich rufe zunächst Moreno an", schlug ich vor. Ich lehnte mich in den Stuhl zurück und verschränkte die Arme im Nacken. So ließ es sich am besten nachdenken. „Es ist wohl das Beste, wenn er der Polizei die Entführung meldet und gleichzeitig ein gutes Wort für uns einlegt."

Auch wenn ich es nicht ausdrückte, ich hatte wenig Vertrauen zur Polizei. Ich erinnerte Sabine noch einmal an Kehren, der das abschreckende Beispiel war, wie schnell man in einem mallorquinischen Gefängnis landen konnte.

„Aber wir haben doch nichts getan", meinte Sabine verunsichert.

„Na, und? Weißt du, ob uns die Polizei glaubt? Kehren hat sie jedenfalls nicht geglaubt."

Meine Liebste betrachtete versonnen die Scherben, die sie in ihrer Gürteltasche mitgenommen hatte. „Das ist mein Erinnerungsstück an den fehlgeschlagenen Besuch bei Maria Guillot." Sie drehte die

Scherben in ihren Händen. „Die haben bestimmt einmal zu einer Skulptur gehört."

„Oder zu einem heruntergeworfenen Tonkrug", entgegnete ich, wofür ich die massive Schelte hinnehmen musste, ich sei ein gefühlloser Kunstbanause.

Kunstbanausen würden die Polizisten bestimmt auch sein, gab ich zu bedenken. „Wenn sie die Scherben bei dir finden, wissen Sie sofort, dass wir da waren. Denen ist's egal, ob das ein Kunstwerk oder ein Tonkrug gewesen sein soll."

Sachlich und nüchtern, zugleich auch pragmatisch, wie es sich nach meiner Auffassung für einen guten Anwalt gehört, war zu meiner Freude Moreno.

„Sie tun nichts", schlug er am Telefon vor, nachdem ich ihm die angebliche Verschleppung von Maria Guillot und den vermeintlichen Kunstraub geschildert hatte. „Niemand wird Sie so schnell wieder erkennen nach der Beschreibung der Menschen aus dem Dorf. Sie werden wohl als ganz normale Touristen durchgehen, als typisch deutsches Paar, das neugierig überall herumläuft, wie die hunderttausend anderen auch", behauptete er wenig schmeichelhaft. Er werde die Polizei benachrichtigen, kündigte er bereitwillig an, sehe aber keine großen Erfolgsaussichten.

„Ehe eine richtige Ermittlung in der Abgeschiedenheit in Gang kommt, sind die Ganoven längst über alle Berge, wenn es überhaupt welche gibt." Moreno schlug vor, in der deutschen Wochenzeitung eine Art Suchanzeige aufzugeben. „Darauf gibt es wahrscheinlich eher Reaktionen als auf die Meldung bei der Polizei."

Meine Einschätzung bezüglich des Verhaltens der Polizei gegenüber den deutschen Touristen wollte er nicht uneingeschränkt teilen. „Aber ich an Ihrer Stelle würde genauso reagieren." Auf keinen Fall würde er in der Vermisstenanzeige bei der Polizei unsere Namen nennen. Es sei besser, wenn wir zunächst im Hintergrund blieben. „Wenn ich Sie benenne, finden Sie garantiert Ihre Namen in der Zeitung wieder."

Das musste nun wirklich nicht sein, befand ich.

Es ginge uns immer noch besser als Menendez, meinte Moreno in einem plötzlichen Themenwechsel, um uns zu trösten. „Die heutige Verhandlung war eine mittelschwere Katastrophe. Mein Mandant ist regelrecht ausgerastet und hat seinen Stuhl zertrümmert. So, wie er sich aufführt, glaubt ihm keiner, dass er unschuldig ist." Moreno seufzte in den Hörer. „Diesen Prozess werde ich wohl nicht gewinnen können, obwohl ich einen kleinen Hoffnungsschimmer sehe."

Warum sich Moreno ausgerechnet bei mir ausweinen wollte, war mir schleierhaft. Was gingen mich seine Probleme mit einem Choleriker an? Moreno sollte sich gefälligst um mein Wohlergehen und das meiner Liebsten kümmern, was ich ihm mit höflichen Worten zu verstehen gab.

„Sie sind nicht allein auf dieser Welt", hielt Moreno dagegen, „und vielen geht es schlimmer, etwa Kehren."

Die Situation für Kehren habe sich übrigens nicht verbessert, meinte er. „Die Polizei hat das erste Obduktionsergebnis angezweifelt", wusste Moreno zu meiner Verärgerung zu berichten, „das zweite soll zu dem Ergebnis gekommen sein, dass der Todeszeitpunkt nicht genau festgelegt werden kann. Er kann innerhalb einer mehrstündigen Zeitspanne gewesen sein." Damit sei der Zeitpunkt relativiert, die Polizei würde sich die ihr genehme Version herauspicken, beklagte der Anwalt. „Und wir können nichts dagegen tun, so lange das Ergebnis nicht offiziell veröffentlicht wird."

Kehren frage unaufhörlich nach mir und was ich tue, unterrichtete mich Moreno. „Aber ich kann ihm auch nur sagen, was ich weiß. Sie hätten den Tatort besichtigt und seine Schilderung des Unfallhergangs als glaubwürdig bezeichnet. Was soll ich ihm auch mehr sagen?"

„Dann sagen Sie ihm doch bitte, dass ich die nächsten Tage als stinknormaler Tourist verbringen will", knurrte ich, „wobei ich hoffe, dass Sie uns den Rücken freihalten."

„Haben Sie denn schon ein Programm?", fragte der Anwalt höflich.

„Nein." Darüber würde nicht ich, sondern meine bessere Hälfte entscheiden.

„Dann schlage ich Ihnen vor, morgen eine Fahrt nach Sa Calobra zu machen. Der Besuch dieses Ortes ist ein absolutes Muss für jeden Mallorca-Urlauber, aber auch für jeden Mallorquiner. Für Samstag würde ich Ihnen Palma empfehlen. Am Wochenende sind die Strände und die Touristenzentren an der Küste so voll, da ist es in der Kühle von Palma noch am angenehmsten." Er würde uns gerne begleiten, fügte Moreno höflich an.

Ich glaubte ihm nicht, er wollte bestimmt nur Sabine begaffen.

Leider könne er sich nicht für uns freimachen, bedauerte Moreno. Aber für den Freitag der nächsten Woche dürften wir uns nichts vornehmen. „Dann lade ich Sie zu mir ein." Ich sollte es nicht vergessen, vorsichtshalber würde er mich bei der nächsten Gelegenheit wieder daran erinnern und meine charmante Frau informieren.

Ich schwieg dazu. Vermutlich wollte mir Moreno eine Falle stellen und wartete nur darauf, dass ich Sabine als nicht mit mir verheiratet darstellte.

„Dann sagen Sie unserem Mandanten Kehren, ich belebe morgen Sa Calobra und am Samstag Palma de Mallorca", bemerkte ich.

„Mache ich", lachte Moreno. Wenn wir wollten, könnten wir uns am Samstag für achtzehn Uhr kurz an der Miro-Statue treffen. „Dann habe ich etwas Zeit zwischen zwei Mandantengesprächen und ich kann Ihnen vielleicht noch ein paar gute Tipps geben."

„Bringen Sie Kehren mit", brummte ich wenig begeistert.

Moreno lachte erneut und wiederholte sich: „Mache ich."

Auf der Rückfahrt ins Hotel kam mir der Gedanke, den ich auf unserem Zimmer sofort umsetzte. Ich rief im Aachener Polizeipräsidium an und hatte das Glück, Kommissar Böhnke noch in seinem Büro zu erreichen. Er möge herausbekommen, wem die Nummer gehörte, die ich auf Maria Guillots Apparat notiert hatte, bat ich ihn.

„Kein Problem", behauptete er, nachdem er die Nummer notiert hatte. Er wollte sich später mit seinen Informationen bei mir melden.

Ich streckte mich lang auf dem Bett aus und griff nach den Unterlagen über Kehren, die mir Moreno gegeben hatte.

Der Anwalt hatte nicht übertrieben, als er die Vernehmungsprotokolle und den Polizeibericht als wenig hilfreich charakterisiert hatte. Ich fand keine neuen Informationen. Es kam mir sogar vor, als hätte ich in meinem Gespräch mit Kehren mehr erfahren, als die Polizei wusste. Nach meiner Ansicht ging die Polizei bei der Ermittlung sehr oberflächlich vor. Bei uns hätte ich ein detailliertes Protokoll erhalten, in dem wahrscheinlich sogar noch nach der Untersuchung von Kehren das gestopfte Loch in seiner Unterhose aufgeführt worden wäre. Aber auf Mallorca ließ man es wohl etwas gelassener angehen. Nirgends fand sich etwa ein Hinweis auf die Bekleidung der Eheleute. Es gab beispielsweise keine Auflistung der Gegenstände, die Kehren mit in die Zelle genommen hatte; so etwas wäre bei uns undenkbar gewesen. Der lapidare Hinweis, das Gepäck würde als Beweismittel unter Verschluss gehalten, reichte den Behörden aus. Im Endeffekt war ich nach der Lektüre nicht schlauer als vorher, sagte ich mir, als ich die unergiebigen Papiere zurück auf die Nachtkonsole legte und die Augen schloss.

Das Telefon schreckte mich auf. Böhnke hatte tatsächlich kein Problem gehabt, meine Bitte unverzüglich zu erfüllen.

„Die Telefonnummer gehört einer Doktorin mit dem schönen Namen Renate Leder, von Beruf Journalistin und anscheinend unterwegs", klärte mich der Kommissar auf. „Die bietet Einbrechern die optimale Hilfestellung mit dem Text auf ihren Anrufbeantworter. Die gute Frau ist noch bis Ende nächster Woche in Urlaub. Sagt sie jedenfalls."

Ob er ihr wenigstens eine Botschaft hinterlassen habe, fragte ich genervt.

„Habe ich", beruhigte mich Böhnke. „Sie soll sich bei uns melden, habe ich ihr geraten."

„Was gibt's sonst Neues im Dorf?" Ich ärgerte mich im gleichen Moment, in dem ich die Frage gestellt hatte.

„Nichts", antwortete der Kommissar. „Das Wetter ist wie immer mies und die Verbrecher warten, bis Grundler zurück ist."

„Was macht eigentlich Luigi Martini?" Wieder ärgerte ich mich über meine Neugierde. Was hatte ich mich diesem Kerl zu schaffen? Überhaupt nichts.

Böhnke schien keine Lust zu haben, mit mir am Telefon über den Toten zu reden. „Martini liegt brav und ruhig auf Eis. Wir warten still und bescheiden auf Rückmeldungen aus dem Ausland", antwortete er. Er müsse das Gespräch beenden, meinte er hastig. „Ich muss los zum Kegelabend mit den Kollegen."

Schon hatte er nach einem höflichen Gruß aufgelegt und ließ mich verdutzt zurück. Bislang hatte ich nicht gewusst, dass Böhnke die Kegelkugel schob.

Inseltrip nach Sa Calobra

Ich weiß nicht, ob ich von vornherein auf die touristische Erkundungsfahrt quer durch das östliche Mallorca verzichtet hätte, wenn mir bewusst gewesen wäre, was mich alles erwartete.

Dabei ließ sich die Tour durchaus verheißungsvoll an, weil wir nämlich nach einem festgelegten Plan geführt wurden, ohne selbst einen einzigen Kilometer mit dem eigenen Auto fahren zu müssen. In einem zwar bis auf den letzten Platz gefüllten, aber klimatisierten Reisebus wurden Sabine und ich mitsamt der großen Schar der Pauschaltouristen am Urlaubshotel abgeholt und über die Autobahn nach Palma kutschiert. Dort hielt der Bus außerhalb der Stadt an einem trostlosen Bahnsteig. Wir durften schutzlos in der brennenden Hitze auf einem steinig-staubigen Platz warten und freuten uns, als endlich der Zug angekündigt wurde.

Der sogenannte „Rote Blitz" stampfte mühsam heran, es handelte sich um einen uralten Zug, den die Firma Siemens 1910 für die damals errichtete, eingleisige Bahnstrecke von Palma nach Sóller zur Verfügung gestellt hatte. Der Zugang zu der Zitronenstadt an der Westküste war bis dahin, wie uns ein Fremdenführer glaubhaft machen wollte, nur über den Seeweg oder über den schmalen, gefährlichen

Passweg möglich gewesen. Mit der Bahn, die durch insgesamt 13 Tunnels führte, war Sóller bequemer und auch sicherer zu erreichen, wenngleich der Zug mit seiner Reisegeschwindigkeit von 25 Stundenkilometern nicht gerade zu den schnellsten Verkehrsmitteln gehörte.

Die Bimmelbahn hat zwischenzeitlich viel von ihrer verbindenden Funktion verloren und ist längst von den motorisierten Vehikeln als Hauptverkehrsmittel abgelöst worden. Jetzt war der „Rote Blitz" in erster Linie eine nostalgische und sehr beliebte Touristenattraktion. Allerdings wird er auch noch von einigen Mallorquinern als Fahrgelegenheit genutzt, um in Palma Einkäufe zu erledigen. Uns Touristen war ein leerer Sonderzug aufs Gleis geschoben worden, der einmal am Tag zwischen Palma und Sóller verkehrt.

Die Fahrt in den kleinen Waggons mit den undichten, kleinen Schiebefenstern und den klapprigen, schmalen Türen war angenehm. Langsam zog mit dem Verlassen der Ebene die wechselhafte Umgebung an uns vorbei, die Berge wurden immer höher, die Schlucht, durch die der historische Zug bummelte, wurde immer enger, bis wir den ersten Tunnel erreicht hatten. Sabine und ich hatten Glück bei der Sitzverteilung gehabt, wir waren in einem Erste-Klasse-Abteil gleich im ersten der alten Wagen untergekommen, saßen auf ausgessenen alten Ledersofas und nicht, wie die meisten Mitreisenden in der zweiten Klasse auf schmalen, harten Holzbänken.

Der Blick aus dem Fenster auf die vorbeihuschende Landschaft war einfach grandios. Die Bäume, ob Oliven oder Kiefern, die Büsche oder auch die mit Terrassen versehenen felsig-grauen Berghänge entschädigten allemal für das rhythmische Ruckeln, mit dem uns die alte Eisenbahn durchschüttelte.

Offenbar einem immer wieder geäußerten Wunsch der Touristen folgend, hielt der „Touristenexpress" an einer Station vor dem wohl letzten Tunnel an. Uns bot sich ein bezaubernder Blick ins Tal und auf Sóller. Hier wuchsen angeblich die besten Apfelsinen und Zitronen von Mallorca und darüber hinaus des gesamten Mittelmeerraumes, behauptete der spanische Reiseleiter, der mit weit ausgestrecktem Arm stolz auf die ausgedehnten Plantagen in der Ebene wies, die von hohen Bergen umgeben war.

Endlich hatten auch die letzte begeisterte Hausfrau und der letzte grantige Ehemann das Erinnerungsfoto von sich, dem Zug und der Landschaft geschossen und wir konnten weiterfahren bis zur Endstation in Sóller.

Zu Fuß steuerten wir die bereits wartende, alte Straßenbahn an, die ich schon hinlänglich kannte und die uns in den offenen Wagen auf den kargen Bänken die wenigen Kilometer zum Hafen in Port de Sóller brachte. Am Wasser durften wir keine Zeit verlieren, der Reiseführer trieb uns wie eine Schafherde schnell auf ein Boot, das sofort ablegte, nachdem ich hinter Sabine an Bord gesprungen war.

Die Eindrücke, die es nach der Ausfahrt aus dem Naturhafen auf dem Meer beim Blick auf die Küste gab, ließen alles verblassen, was ich bisher auf und von Mallorca gesehen und bestaunt hatte. Schroffe Felsen, die hoch aus dem Meer herausragten, begrünte Berge, die bis zum Wasser reichten, gewaltige Steinformationen und eine unvergleichlich schöne, vom Menschen unberührte Natur, die Ruhe und Harmonie ausstrahlte, prägten das Panorama. Das war eine vollkommen andere Küstenseite von Mallorca als die bisher bekannte im Osten mit Sandstränden und Hotelburgen wie in Cala Millor oder auch wie an unserem Urlaubsort Santa Ponsa. Dort gab es zwar ebenfalls Berge bis zum Meer, aber auch eine Natur, die nur noch dort wachsen durfte, wo es vom Menschen erlaubt wurde. Hier war die Küste noch sich selbst überlassen, wild, nicht kommerzialisiert, wenn ich einmal davon absah, dass wir für die Besichtigung bezahlten.

Ich konnte mich nicht satt sehen an den bizarren Felsformationen und war enttäuscht, als der Kahn nach einstündiger Fahrt eine kleine Bucht ansteuerte, in der einige Häuser an den Felsen klebten.

Wir seien in Sa Calobra, erläuterte uns der Reiseführer, der auf einen kleinen Landeinschnitt links neben dem Örtchen hinwies. Dort befänden sich ein kleiner Badestrand und die Mündung des Torrente de Pareis, der eine tiefe Schlucht, eine Art Canyon, in die Felsen gewaschen hätte, aber nur im Winter Wasser führen würde. In fünf Minuten wäre man zu Fuß von Sa Calobra in dieser unvergleichlichen Schlucht mit der Bademöglichkeit.

Das Wasser in der schmalen, von steilen Felsen umrankten Bucht, in der unser Boot neben anderen anlegte, war traumhaft klar und hatte, wie der Reiseführer mit einem Hinweis auf internationale Wassertester ausdrücklich betonte, beste Badequalität.

Zwei Stunden sollte unser Aufenthalt in Sa Calobra dauern, dann würde uns der Bus zur Rückfahrt abholen, wurde uns noch als Zeitplanung mit auf den Weg gegeben, bevor wir an Land kletterten und über Treppen durch ein Restaurant auf eine Straße gingen.

Eines stellte ich zu meinem Unmut in dem von Touristen übervölkerten Örtchen sofort fest. Hier war alles etwas teurer. Die kleinen Cafés und Restaurants, aus denen Sa Calobra hauptsächlich bestand, nutzten es schamlos aus, dass die Touristen nicht ohne fremde Hilfe aus dem Dorf fort kamen und sie zwangsläufig wegen der großen Hitze in ihnen Schatten und Kühle suchten. Nur unwillig bezahlte ich den viel zu hohen Preis für den Kaffee und die Plastikflasche mit Mineralwasser; dafür hätte ich in Palma zwei bekommen, maulte ich.

Sabine und ich hatten es uns nach einem kurzen Bummel in einem abgedunkelten Café mit Blick auf das Wasser bequem gemacht und schauten dösend auf die flanierende Menschenmasse.

Plötzlich stieß mich Sabine heftig an. „Schau, Tobias!"

Sie zeigte aufgeregt auf einen Menschen, der nur wenige Meter entfernt an uns vorbeiging.

Ich stockte und schaute noch einmal intensiver hin.

Da lief doch tatsächlich Rübezahl herum, der Typ, der Marias Auto gefahren hatte und, was für mich persönlich noch schwerer wog, der meine Liebste beschimpft hatte.

„Den schnapp ich mir!", sagte ich kurz entschlossen und sprang auf. Schnell näherte ich mich dem vollbärtigen Riesen und bekam ihn fast zu packen, als er mich sah und allem Anschein nach auch erkannte.

Er drehte sich auf der Stelle um, stieß rücksichtslos ein paar Menschen beiseite und flüchtete nach links auf die Straße, die zum Torrente de Pareis führte. Rasch hatte er ein paar Meter Vorsprung gewonnen, ehe ich mich an den verärgerten Touristen vorbeigeschlängelt hatte. Er sah sich unruhig um und lief noch schneller, als er mitbekam, dass ich ihm folgte.

Immer größer wurde sein Vorsprung auf dem leicht ansteigenden, belebten Weg. Doch ich gab die Verfolgung nicht auf. Ein schmaler Tunnel zeigte sich vor mir, ein in den Fels geschlagener Pfad ohne Licht, hoch und gerade einmal breit genug, um zwei Menschen eng aneinander vorbeigehen zu lassen. An den ärgerlichen Ausrufen vor mir hörte ich, dass es Rübezahl nicht mit der Höflichkeit hatte. Er bahnte sich mit Gewalt seinen Weg durch die Menschenschlangen, die im Schneckentempo durch die Dunkelheit des kühlen Tunnels schlichen.

Endlich näherte sich das Ende der felsigen Röhre, ich stand im Freien auf einem schmalen Weg im Berg hoch über dem Wasser. Rübezahl konnte ich nicht mehr sehen, aber er konnte nicht weit sein. Schließlich endete der Weg in der Schlucht, beruhigte ich mich. Spätestens dort konnte er nicht mehr zurück. Schwer atmend und wegen der Hitze stark schwitzend hastete ich weiter und stand schon nach wenigen Schritten vor einer Entscheidung: Sollte ich nach links abbiegen und durch das kleine, offene Tor auf den Pfad laufen, der am Berg entlang führte, oder sollte ich den nächsten Tunnel benutzen, der geradeaus weiterging? Ich entschied mich für die Helligkeit und kämpfte mich über die glatten Steine vorwärts. Ich kam auf jeden Fall schneller vorwärts als im Tunnel.

Für die Touristen, die mir mit enttäuschten Mienen entgegenkamen, hatte ich keinen Blick, ich wollte in die Schlucht zum Strand.

Jäh wurde mein Vorwärtsdrang gebremst. Für mich vollkommen unerwartet, endete der Weg an einer Terrasse, rund zehn Meter über dem Meer und wenige Meter vom Strand entfernt.

Hier ging es für Fußgänger nicht weiter, hier war nur noch Platz für mutige Schwimmer, die von der, von einem flachen, schwarzen Metallgitter gesicherten Plattform im Fels hinab ins hellgrüne Meer sprangen. Auf eine derartige Mutprobe, die von manchem jungen Kerl mit Imponiergehabe absolviert wurde, wollte ich es nicht ankommen lassen. Ich hatte weder eine Badehose dabei, noch wartete Sabine als Zuschauerin am Strand auf mich.

Ich befand mich in einer ärgerlichen Sackgasse, musste zurück und durch den zweiten Tunnel. Ich verfluchte den Mallorca-Führer, den Sabine mir geschenkt hatte. Nach dessen Beschreibung führten, wie ich noch am Vorabend gelesen hatte, beide Wege direkt zum Strand. Offenbar hatte der Schreiberling nicht richtig zugehört oder er hatte die Wege gar nicht begangen.

Ich machte mir keine große Hoffnung, Rübezahl wieder zu finden. Entweder war er durch den ersten Tunnel nach Sa Calobra zurückgekehrt oder im Flussbett des Torrente de Pareis verschwunden. Dennoch ging ich weiter durch den zweiten Tunnel in die Schlucht und sah mich dort von einem steilen, schroffen Felsmassiv umgeben, das atemberaubend schön war.

Vor mir auf dem steinigen Strand in dem runden Felskessel sonnten sich einige Schönheiten. Für sie hatte ich momentan keinen Blick, ich hielt Ausschau nach Rübezahl, doch er blieb verschwunden.

Im Wasser in der kleinen Bucht schwammen nur wenige Gestalten, am Steinstrand lag er nicht. Rübezahl hier zu finden, war geradezu aussichtslos. Er konnte sich hinter einem der vielen Felsbrocken versteckt halten oder war vielleicht sogar landeinwärts durch die Klamm geflüchtet. Zur Schlucht hin fiel der Strand wieder ab. Eine Wasserlache hatte sich in der Klamm gesammelt, der mickrige Rest des Flusses, der in der Regenzeit hier ins Meer mündete.

Ich ging durch das ausgetrocknete Flussbett in die Klamm, sah immer wieder mit Staunen und Begeisterung auf die steil himmelwärts strebenden Felswände. Bald, schon nach wenigen Metern, war ich allein mit mir und dem Stein und ich sah ein, dass eine Suche nach Rübezahl erfolglos sein musste. Mehr noch, die Gefahr, dass Rübezahl irgendwo darauf wartete, mich anzugreifen, wenn ich mühsam durch das von Felsbrocken übersäte Flussbett kletterte, war mir zu groß. Allein in der unwirtlichen und ungemütlichen, aber zugleich wunderschönen Naturlandschaft hätte ich keine Chance gegen den Kerl, wenn er mich aus dem Hinterhalt attackieren würde. Enttäuscht machte ich mich auf den Rückweg und hing meinen Gedanken nach, was Rübezahl ausgerechnet in dieser Gegend machte. Am Ende des zweiten Tunnels traf ich oberhalb von Sa Calobra auf Sabine, die mich gehetzt ansah.

„Tobias, wir warten auf dich! Der Bus muss los. Komm, sonst fahren die ohne uns!"

Die bösen Blicke der Touristen, die auf mich hatten warten müssen, konnten mich nicht treffen. Ich hatte genug mit mir zu tun, um wieder zu Atem zu kommen. Erst im Bus kam meine Anspannung heraus. Ich zitterte und fror wegen der kühlenden Klimaanlage.

Doch nicht nur ich zitterte. Andere machten es mir nach, aber aus purer Angst. Denn der Reisebus schraubte sich um Haarnadelkurven und Serpentinen immer weiter aufwärts ins mallorquinische Hochgebirge. Manchmal hatte es den Anschein, als hinge der Bus bereits über einem Abhang. Längst gab es auf beiden Seiten der schmalen Straße, über die wir immer höher kletterten, keine Bäume oder Büsche mehr. Ausgedörrtes Gras, das sich kläglich an den steinigen Boden klammerte, nackter Fels und schroffe Brocken, steile Hänge prägten das gewaltige Naturschauspiel.

Diesen Anblick musste man einfach genießen. Die Landschaft erinnerte mich sehr an die Dolomiten. Viele Reisende verzichteten hingegen auf diesen grandiosen Anblick, sie hatten die Hände vor ihre Augen geschlagen und wollten nicht miterleben, was mit ihnen passierte.

Unser Bus befand sich in guter Gesellschaft, vor und hinter uns kletterten ebenfalls voll beladene Reisebusse langsam in Richtung Passhöhe. An jeder Kurve gab es einen Stau, weil nicht jeder Busfahrer so schnell um die Ecke kam, wie er es sich gewünscht hätte. Um die unvergessliche Attraktion abzurunden, hatten die findigen Reiseveranstalter auch noch störenden Gegenverkehr eingeplant. So steuerten manche Busse nur um Zentimeter aneinander vorbei. Mehrfach schrammten an den Fahrerseiten die Außenspiegel gegeneinander, während die Passagiere zugleich den Eindruck gewannen, die andere Seite des Busses hing schon über dem Abgrund.

„Nie mehr", stöhnte Sabine neben mir. Sie hatte meinen Arm mit schweißnassen Händen umklammert. „Ich fahre nie mehr über diese Straße, nicht für Geld und gute Worte. Und auch nicht, wenn du mich auf Knien darum bittest."

Sie pustete erleichtert durch, als endlich in einem Krawattenknoten der Gipfel erreicht war. Aber sie und viele anderen Mitreisenden hatten sich etwas zu früh gefreut, immerhin stand die Fahrt aus dem Hochgebirge hinab ins Tal noch vor uns und brachte noch einige schöne Serpentinen.

„Na, hat sich die Fahrt gelohnt?", fragte uns beim Abendessen im Hotel ein nervender Tischnachbar, der den Blick nicht von meiner Liebsten lassen konnte.

„Und ob." Sabine berichtete begeistert von der romantischen Zugreise, der eindrucksvollen Schifffahrt und der außergewöhnlichen Bustour durch das einmalige, traumhaft schöne Gebirge.

Palma de Mallorca

Sabine war durchaus begeistert, als ich ihr mürrisch mitteilte, dass wir uns um 17 Uhr in Palma kurz mit Moreno treffen würden. „Das ist ein ausgesprochen charmanter und humorvoller Mann, Tobias. Von dem kannst du noch etwas lern", hatte sie bemerkt, als wir aus dem Leihwagen stiegen, den wir kurz vor Mittag wieder hinter dem Hafengebiet abgestellt hatten. Wir standen auf dem Gehweg, der am Meer entlangführte, und hatten uns gegen die kleine Begrenzungsmauer gelehnt. Sabine zeigte über die weit geschwungene Bucht von Palma.

„Da hinten, da müsste Arenal liegen, dahin möchte ich in der nächsten Woche, zum Ballermann sechs." Meinen entsetzten Blick ignorierte sie. „Ein Mallorca-Urlaub ohne Ballermann ist wie eine Parisreise ohne Eiffelturm", meinte sie in einem typischen, von weiblicher Logik geprägten Vergleich.

„Das muss doch wirklich nicht sein", brummte ich, ohne überzeugen zu können, und zog meine Liebste über den Zebrastreifen in Richtung Kathedrale, als die Fußgängerampel endlich umsprang.

„Wohin, mein Schatz?", fragte mich Sabine, als wir unschlüssig vor dem prächtigen Gotteshaus standen. Mir fiel der alte Spruch ein: „Kirchen von außen, Berge von unten und Kneipen von innen", aber es war noch etwas zu früh für einen Kneipenbummel. „Lass uns durchs Städtchen bummeln", schlug ich mangels besserer Einfälle vor. „Wir finden bestimmt einige schöne Flecken."

Strikt lehnten wir es ab, uns von einer der traditionellen, schwarzen Kutschen durch die verstopften Straßen fahren zu lassen. Das war unser Protest gegen die unzumutbaren Zustände, denen die bedauernswerten Pferde in den Abgaswolken ausgesetzt waren. Andere Touristen ließen sich hingegen von unserer tierlieben Auffassung nicht beirren und winkten uns freundlich zu, als sie an uns vorbeizogen.

Die lebhafte Altstadt von Palma de Mallorca hielt viele Überraschungen für uns bereit. Wir wunderten uns einmal mehr über die vielfältige Architektur, die oft einfache Stromversorgung auch besserer Wohnungen durch hoch über den schattigen Gassen hängende Bündel von Stromkabeln, die vielen grünen Plätze und Alleen, die interessanten Jugendstil-Wintergärten an vielen der Stadtvillen mit den beeindruckenden Ornamenten und die vielen Geschäfte mit deutschen Aufschriften, vom Kräuterladen über die Kleiderboutique bis hin zu einer Buchhandlung, in der es ausschließlich deutsche Literatur gab.

Bedauerlicherweise hatten sich aber die regional geprägten Kriminalromane aus Aachen noch nicht bis hierhin verbreitet, wie ich dem Dialog mit einem hilfsbereiten Buchverkäufer entnehmen musste.

„Da ist Aachen schon der Nabel der Welt", lästerte ich mit meiner Liebsten aus der Kaiserstadt, „aber keiner kennt die ausgezeichneten Kriminalgeschichten aus dem Nabelbereich. Da siehst du, dass der Stellenwert deiner Stadt doch nicht so hoch ist, wie du immer glauben willst, meine Liebe."

Als Lohn für meine Nettigkeit erntete ich einen schmerzhaften Biss ins Ohrläppchen.

Die Zeit verging schnell. „Wir müssen unbedingt ein für eine Woche nach Palma de Mallorca", meinte Sabine begeistert, als wir pünktlich zur Kathedrale eilten. Zwei Orte müsse sie unbedingt noch besuchen, erklärte sie mir, nachdem sie in einem traumhaften Restaurant mit dem Namen S'Imprenta in unserem Reiseführer geblättert hatte. „Ich will noch in das Großkaufhaus El Corte Ingle's und zum Castell de Bellver. Von dort soll es den tollsten Blick über Palma geben."

Ich nickte und freute mich schon auf das Weihnachtsgeschenk, das ich meiner Freundin machen würde. Im Winter war es wenigstens nicht mehr so heiß. Dann waren es angeblich gegen Mittag nur zwanzig Grad.

Mit einigem Unmut erwartete ich die Begegnung mit Moreno. Und die herzliche Umarmung, mit der er meine Sekretärin begrüßte, war nicht dazu angetan, für ihn einen Sympathiegewinn bei mir zu verbuchen.

Der strahlende Schnösel sah souverän über meinen grimmigen Gesichtsausdruck hinweg. Er habe nur wenig Zeit, entschuldigte er sich erfreulicherweise, er müsse bereits in ein paar Minuten zu einem unaufschiebbaren Geschäftsessen aufbrechen.

„Aber ich muss unbedingt mit Ihnen sprechen, Herr Grundler." Eilig lotste er uns in ein nettes Café am Straßenrand.

„Hier." Er reichte mir eine aufgeschlagene Zeitung über den Tisch. „Im Mallorca Magazin steht schon ein Bericht."

„Wo ist Maria?", fragte die Zeitung in großen Lettern und berichtete über die andauernden Ermittlungen der Polizei nach dem geheimnisvollen Verschwinden der bekannten Künstlerin. Sie sei vermutlich aus ihrem bescheidenen Atelier in den Bergen bei Sóller entführt worden. Von Maria Guillot und einigen ihrer Werke fehle jede Spur. Zwei Touristen aus Deutschland, ein Mann Ende 30 und eine schlanke, blondhaarige Frau, seien wahrscheinlich in den Fall verwickelt. Sie würden als wichtige Zeugen gesucht und wurden gebeten, sich bei der Polizei zu melden.

„Das werden Sie besser nicht tun", riet uns der spanische Anwalt. „Man glaubt, dass Sie", er lächelte uns entschuldigend an, „dass die beiden Touristen Mittäter seien."

Bevor ich nachfragen konnte, hatte sich Sabine eingeschaltet. „Was sollen wir machen?", fragte sie nervös.

„Abwarten", antwortete Moreno lässig. „Ich habe eine Annonce aufgegeben." Er griff zum Mallorca Magazin und schlug nach kurzer Suche eine andere Seite auf. Moreno gab mir die Zeitung zurück. In einer Anzeigenspalte hatte er einen Text mit roter Tinte eingekreist.

„Davina Jussten, bitte melde dich", las ich laut vor. Dahinter stand unsere Telefonnummer im Hotel.

Wenn Maria Guillot tatsächlich entführt worden war, dann könnte sie sich vielleicht in der gewaltigen Felsschlucht des Torrente de Pareis befinden, gab ich zu bedenken und berichtete Moreno von meiner plötzlichen Begegnung mit Rübezahl. Ich könne mir nicht erklären, was der Kerl sonst dort zu suchen hätte, meinte ich.

Das sei eine Möglichkeit, stimmte er mir zu. Er überlegte. „Aber wenn Ihre Ansicht zutreffen sollte, haben die Entführer bestimmt schon reagiert und Maria woanders hingebracht. Ich kann mir nicht vorstellen, dass sie Maria dort weiterhin versteckt halten, wenn sie befürchten müssen, entdeckt zu werden."

Er werde sich darum kümmern, sagte Moreno entschieden. „Ich werde der Polizei sagen, ich hätte einen anonymen Anruf erhalten, in dem auf das Versteck hingewiesen worden sei."

Ganz schön raffiniert war unser spanischer Anwalt. Wenn er nicht immer schmachtend Sabine anstarren würde, könnte er glatt einer meiner ernst zu nehmenden Partner werden, dachte ich mir insgeheim. Aber mit diesem gockelhaften Gehabe würde er bei mir keine Chance bekommen.

„Schön", sagte ich trocken, während ich das Magazin an Sabine weitergab, „und das wollten Sie mir sagen?"

Moreno schüttelte verneinend den Kopf. „Natürlich nicht, davon haben Sie ja angefangen. Ich möchte mit Ihnen gerne noch einmal über Menendez sprechen." Er nippte kurz an seinem Kaffee und lächelte verlegen. „Wahrscheinlich habe ich mich heute im Prozess ganz schön in die Nesseln gesetzt, weil ich nicht mehr der brave Pflichtverteidiger war, den man erwartet hat."

„Wieso?", fragte ich verwundert.

„Weil ich natürlich, ebenso, wie Sie es bereits gesagt haben, die Frage nach dem Geld aufgeworfen habe, das Bauinteressenten bereits an den Immobilienmakler gezahlt haben. Es könne doch sein, dass er sich mit dem Geld abgesetzt hat, so habe ich argumentiert."

„Aber man hat Sie nicht ernst genommen?"

Moreno nickte bestätigend. „Der Staatsanwalt hat sich allerdings bereit erklärt, mir eine Antwort auf meine Frage zu geben. Selbstverständlich habe er selbst danach geforscht." Der Anwalt grinste. „Eines habe ich auf jeden Fall erreicht. Heute hat es noch kein Urteil gegen Menendez gegeben. Der Prozess wurde um knapp zwei Wochen vertagt. Vielleicht taucht ja unser Toter bis dahin wieder auf." Er glaube zwar nicht daran. „Aber wir gewinnen wenigstens etwas Zeit. Im Gerichtssaal waren die Nebenkläger jedenfalls ziemlich sauer auf mich."

Ich musterte Moreno erstaunt. „Warum sagen Sie mir das?", wollte ich wissen.

„Mit irgendeinem muss ich doch darüber reden", sagte er fast schüchtern. „Nein", fuhr er fort und richtete sich dynamisch auf, „ich wollte Ihnen damit zeigen, dass ich die Verteidigung von Menendez nicht als lästigen Job ansehe. Ich versuche, den Fall restlos aufzuklären und das Beste für meinen Mandanten zu erreichen."

Mit einem hastigen Blick auf die Armbanduhr verabschiedete sich Moreno. „Spätestens bis Freitag", rief er uns zu, während er schon zum Ausgang strebte.

Nur mit Unbehagen klärte ich Sabine über seine private Einladung auf.

„Weißt du denn, wo er wohnt?", fragte sie und ich verneinte verblüfft.

„Dann musst du ihn noch einmal anrufen", folgerte sie schnell. „Tobias, ich glaube, unser neuer Freund ist ganz schön clever."

„Wenn du meinst", knurrte ich genervt. Sabines Getue um den hochnäsigen Kerl störte mich gewaltig, wenngleich ich mir eingestehen musste, dass er in den letzten Minuten wieder einige Pluspunkte gesammelt hatte.

Auch wir verließen das gemütliche Café und bummelten wieder durch die malerischen Gassen. Es wurde schon dämmrig, als wir uns wieder der Kathedrale näherten. Sabine wollte noch einmal um den mächtigen Dom herumlaufen.

Der Blick vom gepflasterten Fußweg rund des Kirchenschiffs auf die große Bucht von Palma de Mallorca war in der Tat lohnenswert. Meine Liebste blieb hinter mir zurück und lehnte an der niedrigen Steinmauer, die den Weg absicherte. Dahinter ging der Fels steil hinab auf einen Platz, auf dem ein Restaurant betrieben wurde. Ich ging nachdenklich voran und achtete nur wenig auf den Mann, der mir torkelnd entgegenkam. Er kam mir sehr nahe, sodass ich bis knapp an die Mauer auswich. Mit einem Betrunkenen wollte ich nicht unbedingt hautnahen Kontakt haben. Ich war froh, als der Kerl vorbei war und blieb auf dem Mäuerchen aufgestützt stehen, um auf das ruhige Meer zu blicken und auf Sabine zu warten.

„Tobias! Vorsicht!" Mit schriller Stimme schrie Sabine voller Panik.

Ich dachte nicht lange nach, sondern drehte mich schnell mit einem mächtigen Sprung zur Seite weg. Im Fallen sah ich noch, wie die Hände des angeblich Betrunkenen an mir vorbeigriffen. Der Kerl hätte mich garantiert in die Tiefe gestoßen, wenn er mich zu packen bekommen hätte. Ehe ich reagieren konnte, hatte er mir einen Fußtritt vor die Brust versetzt, der mir die Luft nahm. Dann rannte er den Weg bergab, stieß noch Sabine um, die mit einem Auf-schrei zu Boden fiel, und lief davon. Schnell hatte ihn die Schar der Menschen aufgenommen, die sich vor der Kathedrale aufhielt.

Mir war nicht danach, den Kerl zu verfolgen. Ich küm-merte mich um Sabine, die sich mit schmerzverzerr-tem Gesicht den Ellenbogen rieb. „Hast du den Mist-kerl erkannt, Tobias?", keuchte sie. „Der wollte dich umbringen!"

Da war nicht viel zu erkennen gewesen. Der Typ hatte wie ein gerade angekommener Tourist ausge-sehen, der einen über den Durst getrunken hatte, noch nicht mallorcabraun und noch mit der deut-schen Sommerkleidung versehen, also mit Hemd und Pullover. Es war etwas kleiner als ich. Und er war ein potenzieller Mörder. Denn, dass er mich absicht-lich in die Tiefe stürzen wollte, das war für mich ein-deutig. Beinahe hätte er mir an der Kathedrale des Lichts für alle Zeiten das Lebenslicht ausgepustet.

„Warum?", fragte Sabine mit Tränen in den Augen. „Warum?"

„Keine Ahnung", antwortete ich, obwohl ich mir meine Gedanken machte.

Es konnten eigentlich nur die Entführer von Maria Guillot in Frage kommen. Aber woher wussten sie, dass ich mich in Palma aufhielt? Steckte etwa Sabi-nes großer Verehrer Carlos Moreno dahinter?

Ziemlich bedrückt fuhren wir nach Santa Ponsa. Konnte ich denn nirgends auf dieser Welt unbehelligt meinem Job nachgehen? Musste ich immer wieder aufs Neue in irgendwelche dubiosen Geschichten verstrickt werden?

„Ich will endlich einmal meine Ruhe haben", sagte ich nach einer langen Pause.

Sabine sah mich bekümmert an. „Die hast du doch nie. Es wäre ein Wunder, wenn ein Fall bei dir einmal ohne Schwierigkeiten ablaufen würde." Sie lächelte kurz. „Aber eines kann ich dir auch sagen: Mit dir ist es nie langweilig."

‚Aber stets gefährlich', fügte ich für mich hinzu. Wenn ich überschlägig schätzte, hatte es in den letzten Jahren mindestens vier Attentate auf mein Leib und Leben gegeben, nicht mitgerechnet die böse Geschichte, die mir sieben Jahre Knast eingebracht hatte. Doch sie war wirklich Schnee von gestern. Ich wollte nur leben und Sabine lieben, mehr verlangte ich nicht von meiner bescheidenen Existenz.

Das mit der Liebe schien Sabine in der Nacht wörtlich nehmen zu wollen, was mir durchaus gefallen konnte. Doch jemand missgönnte uns unser lustvolles Vergnügen. Lärmend meldete sich das Telefon, das ich ungehalten abnahm.

„Was ist?", bellte ich in das Gerät, aber ich erhielt keine Antwort.

Kommentarlos wurde am anderen Ende der Leitung aufgelegt.

Nur einige Sekunden später, bevor Sabine und ich uns besinnen konnten, klingelte es erneut. Dieses Mal meldete sich meine Liebste mit einem höflichen, aber bestimmten „Ja, bitte?"

Offensichtlich hatte auch sie den falschen Zungenschlag in ihre Aufforderung gelegt, denn erneut unterbrach der unverschämte Anrufer wortlos den Kontakt.

„Noch ein Mal, dann ist zappenduster", schimpfte ich und prompt kam der Anrufer meiner Bitte nach. Ich hob ab und schwieg gespannt.

„Verschwindet oder ihr stirbt!", sprach jemand in klarem Deutsch.

„Wenn schon, dann sterbt", korrigierte ich polternd, was meinen Telefonpartner wohl derart verwirrte, dass er unvermittelt auflegte.

Da hatten wir den Salat! Jetzt wollte uns jemand Angst machen. Kurz informierte ich Sabine, dann wählte ich Morenos Nummern. Doch es blieb beim Gesprächsversuch, weder in seiner Kanzlei noch in seiner Wohnung hob jemand ab. Ich hätte gerne gewusst, was Moreno zu diesem Zwischenfall gesagt hätte, der bestimmt mit dem feigen Anschlag in Palma zusammenhing.

Ich nahm die Drohung durchaus ernst, auch wenn ich Sabine gegenüber beschwichtigend von einem saudummen Schuljungenstreich sprach, den sie mir allerdings nicht glauben wollte.

„Ich habe Angst", bekannte sie ehrlich, „erst der Versuch, dich über die Mauer zu stürzen, jetzt der bösartige Anruf. Ich möchte weg von hier!"

„Dann werden wir also verschwinden", willigte ich nach einer kurzen Denkpause ein. Das war immer noch besser als zu sterben.

„Fliegen wir zurück?", fragte Sabine hoffnungsvoll, doch ich konnte und wollte ihr keine konkrete Antwort geben.

„Wir haben einen seit Wochen feststehenden Flug, da können wir nicht einfach in den nächstbesten Flieger steigen", sagte ich. Wenn ich verschwand, bedeutet das für mich untertauchen, von der Bildfläche verschwinden, einen Ortswechsel vornehmen oder verstecken, aber nicht unbedingt das sofortige Verlassen der schönen Insel Mallorca, auch wenn das der anonyme Anrufer wahrscheinlich gemeint hatte. Doch konnte ich sicher sein, dass die Ganoven mich in Deutschland in Ruhe ließen? Das war zwar wahrscheinlich, aber nicht absolut sicher.

Santa Ponsa

Getrennt gingen Sabine und ich zum Frühstück. Ich wollte unser Zimmer nicht unbeaufsichtigt lassen, erklärte ich ihr, als ich sie mit einem Kuss auf den Flur schob. Zum Strand würde ich höchstens dann gehen, nachdem die Reinemachefrau ihre Arbeit getan hatte, sagte ich, und wenn ich sicher sein könnte, eine neue Bleibe gefunden zu haben.

Erst spät am Vormittag, aber noch rechtzeitig, um den Repräsentanten unserer Reisegesellschaft an seinem Tisch in der Empfangshalle des Hotels sprechen zu können, war ich bereit, das Zimmer zu verlassen. Ich schickte Sabine vor, den Vertreter von der Notwendigkeit zu überzeugen, uns auf der Stelle eine andere Unterkunft zu verschaffen.

Ihr Charme hatte allerdings nicht ausgereicht, den grinsenden Schnösel zu überzeugen. Ein Wechsel sei unmöglich, behauptete der junge, braun gebrannte Mann, der laut Namensschildchen am Revers seines Sakkos auf den schönen deutschen Namen Müller hörte. „Alle Zimmer auf Mallorca sind belegt", wollte er mir allen Ernstes weismachen.

Unser Argument, die dummen Sprüche des Entertainers beim allabendlichen Unterhaltungsprogramm auf der Gartenterrasse würden uns am Einschlafen hindern, sei außerdem in keiner Weise geeignet, ihm die Notwendigkeit eines Hotelwechsels deutlich werden zu lassen. „Tut mir leid. Sie werden noch eine Woche hier bleiben müssen«, sagte Müller mit Entschiedenheit, klappte demonstrativ seinen Notizblock zu und verließ eilig die Empfangshalle, ohne uns noch eines Blickes zu würdigen.

‚Wir können nicht verschwinden, also müssen wir sterben', sagte ich mir mit Galgenhumor, als Sabine und ich grübelnd durch Santa Ponsa zum Badestrand liefen. Beim Sonnenbad würde mir bestimmt die richtige Idee kommen, versuchte ich meine Liebste aufzumuntern. Bis zum Abendessen bliebe mir ja genügend Zeit.
Das Strandleben nervte mich schon nach wenigen Minuten. Ständig wuselte irgendein Männlein um mich herum, wurde ich von Bällen getroffen oder von allen möglichen Verkäufern mit Schmuck oder Obst angequatscht. Obendrein musste ich jede halbe Stunde die teuer gemietete Liege anheben und verschieben, um im Schattenkegel des Strohpilzes zu bleiben, den wir uns ausgesucht hatten. In der prallen Sonne am wolkenlosen Himmel wäre ich wahrscheinlich rot wie ein Krebs geworden, anders als Sabine, die eine weiche, braune Haut aufwies. Sie konnte ungeschützt die Sonne anbeten, ohne sich dabei von den Gaffern belästigt zu fühlen.

In meiner Nutzlosigkeit wagte ich mich sogar ins Wasser und war nicht nur von der Klarheit, sondern auch von der Wärme angenehm überrascht. Viele Frauen lächelten mich an, als ich am Meer entlanglief. Mir gefiel die Freundlichkeit, von der ich nicht wusste, womit ich sie verdient hatte.

„Du bist halt der attraktivste Mann weit und breit", sagte meine Schönheit grinsend, als ich sie darauf ansprach.

Darauf hätte ich allerdings selbst kommen können.

Unsere Heiterkeit verflog, als wir uns auf den Weg zurück zum Hotel machten.

„Wie soll es jetzt bloß weitergehen?", fragte mich Sabine bekümmert.

Ich wusste es nicht, bekannte ich im Aufzug, irgendwie würde es schon klappen. Vor unserer Zimmertür blieb ich stehen. Mit den Fingern strich ich behutsam am dunkelbraunen Türrahmen vorbei.

„Hier gehe ich nicht hinein", sagte ich entschlossen. Der alte Trick mit den Tesafilmstreifen hatte wieder funktioniert. Vor meinem Weggang hatte ich mehrere der kleinen durchsichtigen Streifen auf Tür und Rahmen geklebt. Jetzt waren sie abgerissen, hingen entweder am Rahmen oder an der Tür, was eindeutig darauf hinwies, dass jemand die Tür geöffnet haben musste. Das einfache Türschloss zu knacken, schaffte wahrscheinlich sogar ein ungeschickter

Knabe im Kindergartenalter mittels einer Büroklammer.

In unser Zimmer sei aller Wahrscheinlichkeit nach eingebrochen worden, meldete ich dem alten, ergebenen Portier an der Rezeption. Er möge bitte den Hotelmanager und Müller unverzüglich zu mir schicken, befahl ich dem Mann streng, bevor ich mich mit Sabine demonstrativ in unserer leichten Badekleidung mitten in die repräsentative Eingangshalle setzte.

Schneller als erwartet wurde mein Befehl ausgeführt. Der ungehobelte Müller und der Hotelmanager, ein hochnäsiger Spanier in meinem Alter, begrüßten uns schon nach wenigen Minuten mit süßsauren Mienen. Sie gaben uns deutlich zu verstehen, dass sie meiner Behauptung keinerlei Glauben schenkten, gingen jedoch auf meine Aufforderung hin bereitwillig, mit einen uniformierten Hotelmitarbeiter im Schlepptau, mit uns zu unserem Zimmer.

Argwöhnisch beäugten sie die lose herabhängenden Klebestreifen, dann musste der Bedienstete die Tür öffnen. Mit unverhohlener Häme bat mich der Hotelmanager einzutreten. „Dann schauen Sie einmal nach, was Ihnen alles fehlt, mein Herr."

Auf den ersten Blick sahen die beiden Räume unseres Appartements unberührt aus, wie Sabine und ich feststellen mussten.

„Hier war bestimmt niemand", behauptete Müller prompt, ohne seine Augen von Sabine zu lassen.

Meine Liebste war bereit, ihm zuzustimmen und meine Behauptung zu bezweifeln. ‚Dir hat die Sonne das Hirn verbrannt', schien ihr Blick zu sagen, mit dem sie mich bei meiner aufwändigen Überprüfung der Schränke und Betten beobachtete.

Ich schüttelte verärgert den Kopf und betrat das fensterlose Badezimmer, in dem das Licht brannte, was mir vorher nie aufgefallen war.

Das sei doch immer so, beruhigte mich der Hotelmanager näselnd, das sei das Zeichen der Putzfrau für den Kontrolleur, dass das Appartement gereinigt sei.

Schulterzuckend akzeptierte ich die Erklärung und drehte mich resigniert um, um das Bad zu verlassen. Doch dann fiel mir die für die meisten Menschen unscheinbare Veränderung auf.

„Da", sagte ich und deutete auf meinen Rasierapparat. „Da ist jemand dran gewesen."

Die drei Männer staunten zuerst das unscheinbare, auf der Konsole liegende Gerät und dann mich ungläubig an.

„Woran erkennst du das, Tobias?", fragte Sabine unsicher.

Für mich war es augenscheinlich. Aber die Welt der Rechtshänder ist voller Ignoranten, stöhnte ich. Das fiel mir immer und bisweilen sogar den rechtshändigen Ignoranten deutlich in Cafés und Restaurants auf, wo stets die Tassen oder die Suppenlöffel für mich verkehrt herum aufgesetzt wurden. Aber bei einer Kleinigkeit wie einem Rasierapparat im Badezimmer eines mallorquinischen Hotels, da war die Auffassungsgabe der Rechtshänder total überfordert.

Der Apparat lag seitenverkehrt auf der Ablage, griffbereit für einen Rechtshänder, nicht aber für einen geborenen und nur teilweise umtrainierten Linkshänder wie mich.

„Daran hat ein Rechtshänder herumgefummelt", erklärte ich, ohne den Hotelchef allzu sehr überzeugen zu können. Allerdings ließ ich im Gegenzug sein Putzfrauenargument nicht gelten mit der Bemerkung, sie habe bisher immer ordentlich gearbeitet und nichts verstellt.

„Wenn Sie mir nicht glauben, können Sie meinen Apparat gerne einmal in die Hand nehmen und ausprobieren", bot ich dem immer noch hochnäsigen Hotelmanager an.

Aber er wollte von diesem Angebot nichts wissen, womit er mir eingestand, dass ihm diese Angelegenheit doch nicht ganz geheuer vorkam. In Spanisch kommandierte er den Mitarbeiter, der vorsichtig nach dem Rasierapparat griff und ihn einschalten wollte.

„Halt!", rief ich. Das fehlte noch, dass der kleine Bedienstete ein Risiko eingehen sollte, nur weil der große Manager weiche Knie bekommen hatte und Befehlsgewalt besaß.

„Bitte sehr!"

Mit spitzen Fingern nahm der Hotelchef das Gerät von mir entgegen. Müller hatte sich derweil diskret in eine Nische des Wohnzimmers zurückgezogen. Auf der Stirn des Hotelchefs zeigten sich kleine Schweißperlen.

„Nun, los!", forderte ich ihn auf und trat ebenfalls demonstrativ aus dem Badezimmer zurück.

„Nein", entschied er. Wieder sprach er auf Spanisch mit dem Diener, bevor er mit dem Gerät in der Hand davonging.

Wir folgten ihm gespannt. Mit dem Aufzug fuhren wir aufwärts auf das Hoteldach. Der Manager trat an einen von einer flachen Brüstung umgebenen fensterlosen Innenhof und warf den Apparat kurzerhand hinunter.

Nur schwach hörten wir Sekunden später den Aufprall, mehr passierte nicht.

Der Hotelboss betrachtete mich verächtlich von oben herab, während wir wieder zum Aufzug gingen, der uns bis ins Untergeschoss beförderte. Wortlos öffnete der Bedienstete eine niedrige, schmucklose Stahltür, die den Innenhof absperrte. Im Licht einer Neonröhre sahen wir das Ergebnis unseres Flugtests. Der nackte Betonboden war übersät mit den Einzelteilen meines Rasierapparates.

Vorsichtig klaubten der Diener und ich die Stücke auf, bis ich das verräterische Teil entdeckte, ein Plastikstückchen, das direkt am dünnen Kabel neben dem Schalter angebracht war.

‚Plastiksprengstoff, durch elektronische Zündung zur Explosion gebracht', schoss es mir durch den Kopf. Ich würde blind darauf wetten, erklärte ich dem Hotelmanager, der mich ungläubig anstierte. „Oder glauben Sie etwa, ich klebe freiwillig Kaugummi in meinen Rasierapparat?"

Der Hotelchef, aber auch Müller hielten es für angebracht, besser zu schweigen. Der Bedienstete verstaute die Teile in einem Schuhkarton, den er vorsichtig forttrug.

Er würde das Plastik untersuchen lassen, versicherte der Manager eilfertig und überhaupt nicht mehr überheblich. Er trollte sich schnell davon.

„Und nun?" Fragend betrachtete mich mein blass gewordener Freund von der Reisegesellschaft.

„Und nun will ich ganz schnell ein ganz anderes Zimmer in einem ganz anderen Urlaubsort", antwortete ich bestimmend. „Jetzt sind wir genau so weit wie heute Morgen, verehrter Herr Müller."

Verlegen rieb sich der gebräunte Lackaffe das vorstehende Kinn. Er könne uns auf die Schnelle nur eine schlechte Alternative anbieten, meinte er bedächtig, ein Doppelzimmer in Arenal. „Unser schlechtestes Angebot überhaupt auf Mallorca."

Aber bestimmt unauffälliger als unser Hotel in Santa Ponsa, entgegnete ich und forderte ihn auf, uns auf der Stelle zu unserer neuen Unterkunft zu bringen. Dort würden wir uns auf jeden Fall sicherer fühlen als hier. Auch solle er sich um unseren Leihwagen kümmern.

„Was wird eigentlich aus unserer Annonce?", fragte mich Sabine leise während der Fahrt. Wir hatten es uns auf der Rückbank bequem gemacht, derweil uns Müller in seiner Limousine durch die Nacht kutschierte.

„Nichts", antwortete ich. Ich würde auch keine neue mehr aufgeben. Es reichte mir, dass man anhand der Rufnummer in der Anzeige unseren Aufenthaltsort herausgefunden hatte. Fatalerweise endete die Rufnummer mit unserer Zimmernummer. Da hatten sich die Ganoven, die mich erledigen wollten, noch nicht einmal an der Rezeption nach uns zu erkundigen brauchen.

Arenal

Der hilfsbereite Müller hatte nicht übertrieben mit seiner noch schmeichelhaften Beurteilung des Zimmers. Die wahre Qualität unserer neuen Unterkunft zeigte sich erst am nächsten Morgen. Bei unserer Ankunft spät in der Nacht waren Sabine und ich nur noch müde und erschöpft gewesen und hatten uns sofort schlafen gelegt, ohne uns umzusehen oder unser Gepäck auszuräumen.

Im Hotel in Santa Ponsa hatten wir bei unserer Abmeldung in der Rezeption behauptet, wir würden sofort den Rückflug nach Deutschland antreten, uns sei es zu heiß auf Mallorca. Unser Chauffeur hatte mir zugesichert, über unseren Verbleib zu schweigen, für Moreno hatte ich auf dem Anrufbeantworter in der Kanzlei mitgeteilt, ich würde mich in den nächsten Tagen bei ihm melden. Kehren konnte mir unter diesen Umständen zunächst einmal genauso gestohlen bleiben wie Maria Guillot. Die Sicherheit meiner Liebsten war mir dieses Mal ausnahmsweise einmal wichtiger als die Interessen eines unschuldig eingebuchteten Mandanten oder einer verschwundenen Künstlerin.

Unser Zimmer in Arenal war ein muffiger, alter Verschlag mit einem durchgelegenen Bett, schiefen Schränken und farblosen Tapeten. Vor dem Fenster, das uns einen Ausblick auf die verlotterten Rückseiten alt gewordener Billighotels lieferte, hing ein ehemals wohl weißer, inzwischen vom Zigarettenqualm gelblich fahl gewordener Gardinenfummel. Das stinkende Bad zeichnete sich durch primitive, tropfende Armaturen an einem angegriffenen Emailbecken und einen matten Spiegel aus. Die aus der Wand ragenden, wackeligen Steckdosen waren nur mit einem Adapter zu benutzen.

Wer hier freiwillig einzog, hatte etwas zu verbergen oder brauchte nur einen billige Ablage für seine Koffer. Zum Aufenthalt oder gar zum Nächtigen bot sich diese Bruchbude wahrlich nicht an.

Aber wir sahen unsere Situation pragmatisch. Besser primitiv leben als komfortabel sterben, sagten wir uns. Jetzt hatten Unbekannte uns bereits zum zweiten Mal ans Leder gewollt, da war es durchaus ratsam, unauffällig zu bleiben, sonst würde die nächste Attacke bestimmt kommen, dachte ich mir. Immer nur aufs Glück zu setzen, konnte tödlich enden.

Unser Zwangsaufenthalt in Arenal hatte auch etwas Gutes, erklärte ich Sabine in meiner positiven Denkart, mit der ich mir gelegentlich selbst widersprach. „Hier kannst du dir deinen Lebenstraum erfüllen und endlich deinen Ballermann sechs erleben."

Unsere Suche nach dem Ballermann sechs, dem Gesprächsthema schlechthin aller Mallorca-Urlauber, blieb ergebnislos. Es gab ihn nicht, vielmehr, es gab ihn nicht mehr. Die ehemalige Kultstätte aller trinkfreudigen Touristen war wieder zur strandüblichen Imbissbude geworden, zu einem der dreizehn Balnearios, die über die Strandpromenade von Arenal verteilt waren. Balneario sechs, ein nüchterner, moderner Aluminiumbau unterschied sich von seinen baugleichen Nachbarn nur dadurch, dass an ihm ungemein viel Betrieb herrschte, dort mehr Tische und Stühle aufgestellt waren und außerdem Sicherheitspersonal auf die Einhaltung der Spielregeln achtete. Die Gelage mit Sangria, die mit langen Strohhalmen aus Zehn-Liter-Plastikeimern geschlürft wurde, waren vorbei, ebenso wie die lautstarken Feten die ganze Nacht hindurch bis zum Morgengrauen. Balneario sechs musste zeitgleich mit den anderen Balnearios spätabends schließen.

„Wir kommen um einige Jahre zu spät", tröstete ich Sabine, die enttäuscht auf die Imbissstube schaute. „Ballermann sechs ist nur noch ein Mythos."

Dieser Mythos wurde allerdings trefflich gepflegt an dem enttäuschend schmalen Sandstrand, wo die Touristen weiterhin ihre Sangria mit Strohhalmen aus Putzeimern tranken, die sie in Bars gekauft hatten oder in den Gaststätten hinter Balneario sechs, die immer noch den Namen Ballermann stolz in ihrer Bezeichnung trugen.

Der Trubel in Arenal bestätigte mein sorgsam ge-pflegtes Vorurteil über Mallorca. Hier genoss es der Pauschalurlauber, sich fernab der Heimat zu produ-zieren, hier konnte die einfache Friseuse zur Chefin eines exklusiven Frisiersalons aufsteigen oder sich der kleine Kraftfahrzeugmechaniker als Juniorchef eines großen Autohauses ausgeben, ohne dass der harmlose Schwindel aufflog. Man kam, um gesehen zu werden, man spielte miteinander und berichtete anschließend zu Hause von den tollen alltäglichen Besäufnissen und den allnächtlichen Spielchen.

Auch ich fiel, beinahe schon selbstverständlich, auf. Eine hübsche Zigeunerin wollte mir unbedingt eine rosarote Nelke schenken, was ich ihr nicht verweh-ren wollte. Als sie allerdings fünf mickrige Peseten haben wollte, war es mit ihrer Schenkfreude schnell vorbei. Mangels eigener Geldbörse verwies ich das attraktive Fräulein an meine Finanzministerin, die schroff den Geldwunsch abwies. Mit funkelnden Au-gen riss mir die Zigeunerin die duftende Blume wie-der aus der Hand.

„Nelken verwelken, Orchideen vergehen, aber un-sere Liebe, die bleibt bestehen", summte ich meiner Sekretärin ins Ohr, die mich daraufhin versöhnt an-lachte.

Wir kamen nicht unbehelligt über die kilometerlange Strandpromenade. Bei der Vielzahl der kleinen Ge-schäfte fragte ich mich, ob ich im Ausland oder in der deutschen Heimat war. Hier war Deutsch auf den Werbetafeln und bei den Verkäuferinnen die vorherrschende Sprache; allein mit Spanisch, so schien es mir, war man hoffnungslos verloren zwischen Schinkenstraße und Oberbayern. Immer wieder nötigten uns junge Leute Zettel auf, mit denen Diskotheken auf ihr einmaliges, unübertroffenes Nachtprogramm hinwiesen. Der diesjährige Clou war anscheinend das kostenlose Frühstücksbüffett, das allen Besuchern angeboten wurde, die es ab zwei Uhr bis zum Sonnenaufgang in einem Tanzschuppen aushielten.

Falls erforderlich, würden wir einmal auf diese Art eine Nacht durchbringen, wenn es uns in unserer ungastlichen Bleibe überhaupt nicht mehr gefallen sollte, schlug ich meiner Liebsten vor.

Zum finanziellen Grundstock für eine derartige Diskonacht kam ich durch einen Zufall. Während Sabine in einer überfüllten Boutique verschwand, schaute ich einer Menschenmenge über die Schultern, die sich vor einem kleinen Tisch versammelt hatte. Ein ungepflegter, kleiner Mann wirbelte auf der Tischplatte mit drei schwarzen Filzscheiben herum, von denen eine auf der Unterseite einen runden, weißen Punkt hatte. In Anlehnung an das bekannte Hütchenspiel sollten die Zuschauer und Mitspieler herausfinden, unter welcher der drei Filze sich der weiße Punkt befand. Bei der richtigen Wahl gab es beim

Einsatz von 1000 Peseten ebenfalls 1000 tausend Peseten als Gewinn. Es war nahezu unmöglich, den flinken Fingern des Mannes zu folgen, der die Scheiben unentwegt wechselte, wobei er gelegentlich den weißen Punkt zeigte. Für mich zu schnell wechselte der markierte Filz die Position, als dass ich ihn hätte ausmachen können, wenn die Verschieberei beendet war. Dennoch tippte hin und wieder jemand auf den richtigen Filz und kassierte freudig erregt den Gewinn ein, wobei ich mir nicht ganz sicher war, ob der Gewinner nicht ein Komplize des Spielmannes war. Im Regelfall verlor hingegen der Teilnehmer seinen Einsatz. Auch kam es mir so vor, als wechselte der Zocker noch nach der Entscheidung eines risikobereiten Touristen zu dessen Nachteil die Scheiben.

„Wo ist der weiße Punkt?" Überraschend fragte der Spielmacher ausgerechnet mich.

Ich schüttelte ablehnend den Kopf.

„Ohne Geld für dich", lockte er und hielt mir einen Tausend-Peseten-Schein hin.

Was hatte ich schon zu verlieren? Ich tippte einfach auf die mittlere Scheibe und hatte die richtige Wahl getroffen. Dass hinter mir jemand in meine Hosentasche greifen wollte, bekam ich auch noch mit.

Doch war dieser Taschendieb, der die Gunst meiner Gewinnfreude ausnutzen wollte, bei mir mangels Portemonnaie an der falschen Adresse.

Großzügig hielt mir der Zocker den Geldschein hin, den ich dankend nahm und einsteckte. Ich hatte genug gesehen und ging weiter. Weit kam ich nicht, schon nach einigen Schritten zerrten zwei dunkelhäutige Gestalten an meinem Sweatshirt. Ich sollte gefälligst weiterspielen, wollten sie mir massiv deutlich machen. Aber ich weigerte mich und hatte Glück bei meinem Widerstand. Die beiden ließen von mir ab und gingen schnell zurück. Anscheinend hatten sie noch vor mir die beiden uniformierten Polizisten gesehen, die sich auf der Promenade mit ihren Fahrrädern näherten.

Auch Sabine kam mir entgegengelaufen, gefolgt von zwei jungen Männern, die heftig auf sie einredeten.

„Was soll das?", fragte ich ungehalten und Sabine sah mich ahnungslos an.

„Die laufen seit Minuten hinter mir her, haben mir einen Zettel in die Hand gedrückt und behaupten, ich hätte etwas gewonnen."

Ich sah erst gar nicht auf den Zettel, den ich zerknüllt auf die Erde warf. „Sucht euch andere Dummköpfe, die auf euren Trick hereinfallen", riet ich den beiden aufdringlichen Kerlen. „Verschwindet!"

Schimpfend trollten sich die beiden.

Sabine schaute mich erstaunt an. „Was wollten die denn?"

Ich sah dem Pärchen nach. „Die wollten uns irgendwo hinlocken und uns wahrscheinlich irgendetwas aufdrängen. Vielleicht eine Eigentumswohnung oder anderes unsinniges Zeug." Ich umarmte meine Liebste und drückte ihr einen Kuss auf die Stirn. „Hier wimmelt es nur so vor Lügnern und Betrügern."

Bei unserer Rückkehr ins angebliche Zwei-Sterne-Hotel fand ich auf der schmierigen Zimmertür einen zerfledderten Zettel angepappt. Ich sollte meinen Reiseleiter anrufen, stand darauf in krakeligen Buchstaben vermerkt.

„Sie haben verdammtes Glück gehabt", rief Müller aufgeregt ins Telefon, „das war tatsächlich Plastiksprengstoff." Der Hotelmanager hätte diskret das Zeug untersuchen lassen und ihn informiert. „Sie haben verdammtes Glück gehabt", sagte er noch einmal, „das Zeug hätte ausgereicht, um Ihnen den Schädel wegzupusten, Herr Grundler."

„Wenn's weiter nichts ist", bemerkte ich lakonisch, obwohl mein Herz bis in den Hals pochte. Es sei in meinem Sinne, wenn der Zwischenfall verschwiegen würde, bat ich ihn, anderenfalls würde ich wieder unangenehme Zeitgenossen auf mich aufmerksam machen.

„Wir sind auch nicht darauf erpicht, das Attentat an die große Glocke zu hängen", bekannte Müller.

„Sonst wird gleich wieder von einer Bande gesprochen, die es auf deutsche Touristen abgesehen hat. Das ist nicht gut für das Image."

„Ich habe großes Interesse daran, unerkannt zu bleiben", trichterte ich Müller ein. Es wäre uns lieb, so bat ich ihn, wenn er weiterhin und überall behaupte, wir hätten Mallorca verlassen. Das könnte uns letztendlich das Leben retten. „Und ich habe nur das Eine."

Ob tatsächliche weiterhin Lebensgefahr für Sabine oder mich bestand, ließ ich dahingestellt. Uns ging es momentan jedenfalls immer noch besser als Kehren, der hinter dicken Gefängnismauern auf seinen Prozess wartete. Mein durchaus noch vorhandenes, wenn auch eingeschränktes Verantwortungsbewusstsein für meinen Mandanten veranlasste mich, Moreno anzurufen, den ich in seiner Kanzlei erwischte.

Mit großer Anteilnahme, so vermittelte er zumindest als Eindruck, vernahm er meinen Bericht über den Anschlag in Santa Ponsa und die Attacke in Palma. Ich unterließ es, ihn auf meine Schlussfolgerungen hinzuweisen, aber auch Moreno sah keinen Grund, mir seine Überlegungen zu meinen Abenteuern mitzuteilen. Dadurch machte er sich nicht beliebter bei mir, im Gegenteil, meine Zweifel an seiner Seriosität wuchsen.

Moreno kam sofort auf Kehren zu sprechen, der von Tag zu Tag an Lebensmut verlieren würde. „Der macht uns noch vor Prozessbeginn schlapp, er redet nur noch von der Bande, die Jagd auf deutsche Touristen macht."

Ich konnte Kehren nicht helfen, es gab zwar die ständig geäußerte Behauptung, aber ich sah keinen Ansatz, seine Theorie zu beweisen.

„Das hofft er aber", fiel mir Moreno ins Wort. „Er hat in der letzten Vernehmung gesagt, Sie würden dahingehend ermitteln."

„Weiß Kehren etwa, wo ich wohne oder gewohnt habe?", fragte ich nervös. Das fehlte mir noch, dass er durch eine unbedachte Äußerung die Polizei oder anderes Gesindel auf mich lockte.

„Nein", antwortete Moreno zu meiner Erleichterung. „Ich will es übrigens auch nicht wissen. Sie werden es mir schon sagen, wenn Sie es wollen." Mit der nochmaligen Einladung am Freitag beendete er das Telefonat. „Wenn Sie mich am Donnerstag anrufen, erkläre ich Ihnen den Weg. Dann gibt es auch das Neueste im Fall Menendez."

Am nächsten Morgen hatten Sabine und ich die Nase gestrichen voll von unserem Hotel und von Arenal. Die abgestandene, warme Luft im Zimmer und die laute, hämmernde Musik um uns herum hatten uns in der Nacht keinen Schlaf finden lassen. Das ausgeleierte Bett hatte uns Rückenschmerzen verschafft.

„Bloß weg von hier", sagten wir uns am kärglich gedeckten Frühstückstisch mit kalten Kaffee, harten Brötchen und Marmelade in kleinen Plastikbehältern.

„Ich würde gerne noch einmal nach Palma", schlug Sabine vor und bereitwillig stimmte ich zu. In Palma waren wir wahrscheinlich ebenso sicher wie in dem undurchsichtigen Touristentrubel von Arenal.

Mit einem überfüllten Linienbus ließen wir uns eng aneinander gepresst zum zentralen Busbahnhof von Palma an der Plaza Espanya bringen und schlenderten vor dort aus durch die lebensfrohe Stadt. Mit jedem Besuch gefiel mir die quirlige Hauptstadt der balearischen Inseln besser, obwohl man versucht hatte, mich hier in den Tod zu stürzen und hier im Gefängnis ein Mandant auf seine Gerichtsverhandlung wartete. Aber dafür konnte Palma nichts. Diese persönlichen Umstände waren nur belanglose Randerscheinungen inmitten einer beschwingten, pulsierenden Stadt voller Attraktionen. Unser Weg führte uns durch bereits bekannte und unbekannte Straßen und Gassen, immer wieder fanden wir schnell zurück in die Altstadt, die weitaus mehr Augenreize bot als die umgebenden Wohnquartiere. Den steilen Weg bergauf zum Castell de Bellver schenkten wir uns. Wir wollten ihn uns für ein anderes Mal aufsparen. Wir machten uns vielmehr auf die Suche nach prachtvollen Patios, nach begrünten Innenhöfen, die sich oft hinter manchmal unscheinbaren Fassaden verstecken. Das war meine Welt: nach außen unauffällig, im Inneren begeisternd.

Bei unserem Bummel war es nicht weiter verwunderlich, dass wir nach einer Reihe von Galerien, die Palma auch zu einer Stadt der Kunst machten, wieder bei der Galerie landeten, in deren Schaufenster wir die Bilder von Maria Guillot gesehen hatten.

Doch waren ihre Werke jetzt verschwunden. Andere Gemälde anderer Maler hingen hinter dem Fensterglas, weniger schön und ausdrucksvoll, aber dafür auch wesentlich preiswerter.

Ich zupfte nachdenklich am Ohrläppchen, dann traten wir in die Galerie. Sofort eilte uns ein elegant gekleideter, grauhaariger Herr entgegen, der mich abwertend musterte, um sich dann mit strahlenden Augen und breitem Lächeln meiner Liebsten zu widmen. Mir ging das ständige Umherschwänzeln der spanischen Hagestolze um Sabine langsam auf die Nerven.

„Wo ist Maria?", knurrte ich böse.

Der balzende Senior starrte mich verblüfft an. Entweder verstand er kein Deutsch oder er hatte einen intellektuellen Aussetzer.

„Wo Sie die Bilder von Maria Guillot gelassen haben, will mein Chef wissen", mischte sich Sabine erklärend ein.

Endlich schien der Galerist zu kapieren. Er habe sie im Tresor verschlossen, verriet er in fließendem, fehlerfreiem und akzentlosem Deutsch. „Die Bilder und auch die Skulpturen sind zurzeit unverkäuflich."

„Warum?" Nun war es an mir, zweifelnd zu blicken. „Was heißt das?"

Der Graukopf hob beschwichtigend die Hände. „Sie haben sicherlich gelesen, dass die Künstlerin spurlos verschwunden ist", sagte er. „Die Vermutung liegt sehr nahe, dass sie entführt wurde und vielleicht sogar schon tot ist." Dann steige der Wert ihrer Werke ins Unschätzbare. „Für eine Million Peseten verkaufe ich kein Bild von Maria Guillot mehr." Der Galerist sah uns beinahe mitleidsvoll an und rieb sich verlegen die Finger. „Unter drei Millionen tut sich überhaupt nichts mehr."

Ich schnaubte böse. 35.000 Mark und mehr; das waren ja schon Halsabschneidermethoden.

„Das sind die Gesetze des Marktes", entgegnete der Senior gelassen.

Über so viel Skrupellosigkeit konnte ich mich nicht einmal mehr wundern. Aber offenbar bestimmte auch in der Welt der Kunst der schnöde Mammon, wie überall sonst auch.

„Das Angebot an Werken von Maria Guillot wird jedenfalls momentan nicht zunehmen", fuhr der Galerist nüchtern fort, „wohl aber die Nachfrage." Die ersten Interessenten seien schon in die Galerie gekommen. „Aber ich verkaufe noch nicht. Als Geschäftsmann muss ich den richtigen Zeitpunkt abwarten."

Im Gegensatz zu mir schien Sabine diese Auffassung zu akzeptieren. „Gibt es noch andere Galerien, die die Werke von Maria Guillot vertreiben?", fragte sie. Der arrogante Galerist verneinte. „Jedenfalls nicht in Spanien. Ich habe hierzulande das exklusive Verkaufsrecht."

„Warum?" Das verstand ich nicht auf Anhieb.

Wieder musterte mich der Bilderverkäufer abfällig. „Weil ich Maria auf Mallorca groß und bekannt gemacht habe. Ich habe sie gefördert, sie hat mir im Gegenzug das exklusive Verkaufsrecht für Spanien zugebilligt." Selbstverständlich würden andere Galeristen Werke von Maria Guillot aus Privatbesitz aufkaufen und wieder veräußern. „Aber die meisten der neuen Werke gehen über meinen Ladentisch."

„Wieso die meisten?«, hakte Sabine nach.

Der Galerist betrachtete meine Liebste mit sichtlichem Vergnügen. „Wenn Maria Guillot Ausstellungen in San Francisco macht oder anderswo auf der Welt, verkauft sie selbstverständlich dort direkt." Er lächelte kurz. „Und in ihrer deutschen Heimat gibt es auch noch einen Galeristen, der in meinem Auftrag verkauft oder die Restbestände von den auswärtigen Ausstellungen. Aber alle Werke, die Maria Guillot ansonsten schafft, kommen zunächst in meine Galerie." Er und seine Kollegen würden gut mit Maria Guillot verdienen, bestätigte der Galerist unumwunden, aber sie habe bisher auch selbst gutes Geld gemacht.

Ob es ein Verzeichnis ihrer Werke gibt, wollte ich wissen. Ich wollte das Gespräch nicht zum Dialog zwischen dem immer noch stierenden Grauhaar und meiner Sekretärin werden lassen.

Endlich fand ich wieder in seinen Augen Gnade und erhielt eine Antwort. Der Galerist schüttelte bedauernd den Kopf. „Ich habe zwar Kataloge der Ausstellungen in meinen Räumen, mehr aber nicht." Gewiss gäbe es auch Kataloge von den Ausstellungen im Ausland, aber kein Gesamtverzeichnis. „Das hat eventuell Maria Guillot, aber ich weiß es nicht genau."

Meinen erstaunten Blick deutete er richtig und er gab die notwendige Erklärung. „Sie ist in erster Linie Künstlerin, mit den Formalitäten oder der Ordnung hält sie es nicht so genau. Nur bei der Nummerierung ihrer Bilder und Skulpturen ist sie pedantisch." Der Galerist seufzte. „Sie ist schon eine tolle Künstlerin mit einer gewaltigen Schaffenskraft. Ihr Tod wäre ein großer Verlust für die Kulturwelt."

‚Und für dich', dachte ich mir, ›'du denkst doch zuerst ans Geld und dann an die Kunst.' Ich wollte mich schon abwenden, als sich der Mann noch einmal räusperte.

„Eigentlich sollte ich Maria böse sein", sagte er leise, „sie wollte die Geschäftsbeziehung zu mir abbrechen. Am Freitag habe ich einen entsprechenden Brief von ihr erhalten."

„Wo ist er?", fragte ich schnell.

„Bei der Polizei", sagte das Grauhaar zu meiner Verblüffung. „Nachdem ich von ihrem Verschwinden erfahren habe, bin ich auf Anraten meines Anwaltes sofort zur Polizei gegangen, bevor der Verdacht aufkommen konnte, ich hätte etwas mit Marias Verschwinden zu tun."

Ich war mir nicht sicher, ob ich dem hochnäsigen Lackaffen glauben sollte. Nach allem war mir nicht klar, warum er uns ausgerechnet von dem Brief erzählt hatte. „Was steht denn in dem Brief?"

Der Galerist lächelte bedauernd. „Das werde ich Ihnen nicht sagen. Es war ein persönlicher Brief an mich. Nur so viel: Sie wollte nicht mehr mit mir zusammenarbeiten. Leider."

„Wissen Sie, ob Maria Guillot der richtige Name oder der Künstlername war?", fragte ich.

Spontan antwortete der Galerist mit einem süffisanten Lächeln. „Es wird wohl ein Künstlername sein."

„Und welcher ist der richtige Name?"

„Keine Ahnung. Ich habe nie danach gefragt." Der Senior sah mich sinnierend an. „Spielt denn der Name überhaupt eine Rolle angesichts der einmaligen Werke, die uns die Künstlerin verschafft?"

Port de Sóller

Noch eine schlaflose Nacht verkrafteten Sabine und ich, dann aber hatten wir restlos genug von unserem Hotel in Arenal. Nach dem umfangreichen Diskothekenfrühstück informierte ich Müller, dass wir auf eigene Kosten in ein vernünftiges Hotel umziehen würden. Er brauche sich nicht mehr weiter um uns zu kümmern, sondern nur dafür zu sorgen, dass wir, wie im Reisevertrag zugesichert und wie es auf unseren Flugtickets stand, termingerecht unseren Rückflug nach Köln antreten konnten.

Wir schnappten uns Koffer und Reisetasche und fuhren erneut mit dem Linienbus nach Palma. Zurück ließen wir einen Hotelier, der verständnislos unseren raschen Aufbruch mitverfolgte.

In Palma machten wir kurzes Federlesen, wir zogen in einen voll klimatisierten und damit schalldicht isolierten Hotelneubau hinter dem supermodernen Einkaufszentrum gegenüber dem Yachthafen ein. Die lang vermisste Stille war gewöhnungsbedürftig, doch dann fielen wir in einen tiefen, langen Schlaf.

„Was macht Kehren?" Es ließ sich am Donnerstag nicht vermeiden, Moreno anzurufen. Sabine hatte sich allzu gut an die Einladung erinnert. Ich war froh, ihm diese unverfängliche Frage stellen zu können.
„Der ist nervös und kaputt und fragt unentwegt nach Ihnen", antwortete Moreno. „Er will von mir immer genau wissen, was Sie vorhaben und ob Ihre Arbeit für ihn Erfolg versprechend ist." Moreno schmunzelte. „Kehren kommt mir vor wie ein kleines Kind, das Angst hat, seine Mutter könnte weglaufen."
„Dann sagen Sie meinem Sohn, dass ich morgen einen spanischen Anwalt besuche", entgegnete ich, „am Samstag mit meiner Sekretärin nach Formentor möchte und am Sonntag um elf Uhr 30 ab Palma nach Köln fliegen, wo wir gegen 13 Uhr 30 ankommen werden, wenn das Flugzeug nicht unterwegs einen Kupplungsschaden erleidet oder in einen Stau gerät."
Moreno lachte herzhaft. „Die Antwort dürfte unseren Mandanten nicht zufrieden stellen. Ob Sie inzwischen Hinweise auf die verschwörerische Bande gefunden hätten, will er wissen."
„Wie sollte ich?"

„Lesen Sie denn keine deutsche Boulevardzeitung?"
Die Verwunderung in Morenos Stimme war unüberhörbar.

„Nein", antwortete ich verblüfft, „muss ich das etwa?"

Der Anwalt lachte erneut. „In den Blättern wird lanciert, mehrere deutsche Touristen seien in diesem Jahr schon auf Mallorca getötet und ausgeraubt worden. Mindestens drei Fälle seien in diesem Sommer schon bekannt geworden, darunter der, für den Ferdinand Kehren unschuldig im Gefängnis sitze. Eine Bande drogenabhängiger Jugendlicher wird verdächtigt."

„Stimmt das etwa?", fragte ich ungläubig.

„Was nützen alle offiziellen Dementis, wenn die deutsche Boulevardpresse sie nicht zur Kenntnis nimmt, sondern lieber auf Gerüchte vertraut?" Moreno wich einer klaren Antwort aus. Offensichtlich war er sich nicht mehr sicher, ob nicht doch etwas an dieser Bandentheorie dran war.

Er wechselte für mich fast schon zu schnell das Thema. „Was haben Sie über die Attentate auf Sie herausgefunden, Herr Grundler?"

„Nichts", sagte ich freimütig. „Ich weiß nicht, wo ich ansetzen kann." Es gäbe allenfalls einen Rübezahl, den ich suchen könnte. Aber er hätte sich durch einen Haarschnitt und eine Rasur völlig verändern können, sodass ich ihn nicht wiedererkennen würde. Außerdem sei da noch das Auto von Maria Guillot, nach dem gefahndet werden könnte. „Das bringt uns aber wahrscheinlich nicht weiter", mutmaßte ich, „oder glauben Sie etwa, der torkelnde Tourist an der Kathedrale nimmt mich noch einmal ins Visier?"

„Wie könnte er?", entgegnete Moreno, „es weiß doch niemand, wo Sie sich aufhalten, nicht einmal ich." Er habe übrigens der Polizei den Tipp über das mutmaßliche Versteck von Maria Guillot gegeben, fügte er an. „Man hat auch eine Suchaktion gestartet. Leider mit dem erwarteten Ergebnis. In der Felsschlucht des Torrente de Parreis finden sich keine eindeutigen Hinweise."

Das schließe allerdings nicht aus, so beruhigte er mich, dass Maria nicht dort festgehalten worden war. „Dann aber haben ihre Entführer sie woanders hingebracht, nachdem Sie vor Ort gewesen sind. Es gibt unzählige Versteckmöglichkeiten in den Bergen. Schluchten, Höhlen, verlassene Klöster oder sogar das ehemalige Militärgelände am Hafen von Port de Sóller können als Gefängnis dienen. Das ist die Suche nach der berühmten Nadel im Heuhaufen", meinte Moreno wenig tröstlich.

„Dann sind wir ja schon zu zweit, die sich auf die Suche nach Vermissten machen", sagte ich ironisch. „Vielleicht haben wir das Glück, dass sich meine Maria und Ihr Immobilienmakler gemeinsam irgendwo aufhalten. Deren Liaison würde uns die Suche erleichtern."

Der Anwalt hatte kein Verständnis für meine Ironie. „Der Prozess gegen Menendez bringt mir immer mehr Ärger. Nach der Vertagung und meiner laut geäußerten Frage nach dem Verbleib des Geldes sind mir schon zwei Mandanten, die aus dem Freundeskreis des Maklers stammen, abgesprungen. Sie betrachten es als ungeheuerlich, dass ich den unausgesprochenen Verdacht hegen würde, ihr Freund sei als Betrüger untergetaucht. Ich würde versuchen, einen Mörder zu schützen, indem ich den guten Ruf eines Ehrenmannes ankratze." Moreno seufzte. „Das hat man davon, wenn man seine Rolle als Strafverteidiger in einem hoffnungslosen Fall zu gewissenhaft wahrnimmt." Er lachte bitter auf.

„Mallorca wird noch einmal zur Insel der Vermissten und Verschollenen. Selbst Ihre Partnerin und Sie sind ja nicht von der Polizei zu finden."

Und so werde es bleiben, sagte ich schnell, um endlich zu der Frage zu kommen, auf die Sabine und er wahrscheinlich schon lange gewartet hatten. „Wo und wann können wir Sie morgen finden?", fragte ich höflich und verschluckte mich dabei fast an meiner Zunge.

„Um 17 Uhr in Valldemossa", antwortete Moreno erfreut. „Es ist schön, dass Sie kommen werden." Der Weg zu ihm sei nicht leicht zu finden. „Am besten wird es sein", so schlug er vor, „Sie kommen aus Richtung Palma gefahren. Mitten in Valldemossa gibt es eine große Kreuzung und dahinter rechterhand einen großen Parkplatz. Dort hole ich Sie dann ab."

„Lass uns über Port de Sóller und Deia nach Valldemossa fahren!", schlug ich Sabine nach dem Kartenstudium vor. „Dann können wir noch etwas Landschaft erleben."
„Und einen Abstecher ins Dorf von Maria machen", regte meine Liebste an, die immer noch die Hoffnung hatte, ihre ehemalige Nachbarin wieder zu finden. Fast stündlich hatte sie in den letzten Tagen Marias Telefonnummer gewählt. Zwei Mal war abgehoben worden und hatte eine Männerstimme auf Spanisch etwas gefragt.
 Wahrscheinlich, so vermutete ich, war das ein Polizist gewesen.
„Das bringt doch nichts", sagte ich ablehnend, „das bringt uns höchstens in den Knast, wenn uns dort einer entdeckt."
Diese Aussicht behagte Sabine verständlicherweise ebenso wenig wie mir. „Ich fahre aber nur so, wie du willst, wenn du jetzt mit mir einkaufen gehst", forderte sie und schlang ihre nackten Arme um meinen Hals. „Nebenan in dem Einkaufszentrum gibt es tolle Sachen, unter anderem sämtliche Kollektionen von Gerry Weber."

Die Klamotten könne sie auch in Aachen kaufen, entgegnete ich mürrisch und streichelte ihr über den Rücken, „lass uns lieber auf dem Zimmer bleiben!" Doch fand ich keine Zustimmung.

„Hier ist die Auswahl viel größer", behauptete Sabine und ich konnte mangels Vergleichsmöglichkeiten nicht einmal widersprechen.

Das Autofahren in Palma und aus der Stadt hinaus war für meine Freundin ein Leichtes. Sabine brauchte sich nur mit dem geliehenen Seat Ibiza auf den Autobahnring schleusen zu lassen und dort den entsprechenden Hinweisschildern zu folgen.

Ich las viele Namen bekannter Orte, die wir noch nicht besucht hatten.

„Verbringen wir unseren nächsten Urlaub auf Mallorca", schlug Sabine zufrieden vor, „die Insel ist so abwechslungsreich, da musst du einfach mehrmals hin."

Endlich fuhr sie meinetwegen den ehemaligen Hauptweg nach Sóller über die Passstraße statt durch den Tunnel. Aber diese kurvenreiche Straße konnte bei weiten nicht mit der Krawattenstraße bei Sa Calobra konkurrieren. Alleine die Landschaft mit ihrem ständigen Wechsel von Wald, Feldern, Plantagen und Wildnis bot unter dem wolkenlosen, blauen Himmel wieder einen Augenschmaus. Für den aller-

letzten Adrenalinstoß fehlte allerdings der Gegenverkehr in Form von breiten Omnibussen. Die typischen Kleinwagen kamen leicht und locker aneinander vorbei.

Unseren beabsichtigten Spaziergang durch das Land-
städtchen Sóller beendeten wir bereits, bevor er
richtig begonnen hatte. Uns missfiel der staubige
Parkplatz am Stadtrand, der von kleinen, schmutzigen Häusern umgeben war und keinen einzigen
Baum aufwies, der ein wenig Schatten in der hellen
Sonne bieten konnte. Wir fuhren weiter nach Port de
Sóller, meinem Lieblingsort, und orientierten uns
diesmal am verkehrsberuhigten Bereich der Bucht
hinter dem Ortseingang. Schon wenige Meter von
der Hauptstraße entfernt war es ruhig und abgasfrei.
Wir setzten uns auf die kleine Mauer an der Strandpromenade, den Repic, und beobachteten die Menschen, die sich auf dem kleinen, kiesigen Strand
sonnten oder in den lauwarmen Fluten planschten.
Gegenüber, auf der anderen Seite der Bucht sahen
wir den ehemaligen Militärbereich, die Plätze für die
Yachten und die Anlegestelle für die Passagier-
schiffe, die die Touristen für die Besichtigungsfahrten entlang der Küste aufnahmen.

Mein Blick fiel auf einen Schiffskran fast mitten in der
Bucht. An ihm klebten zwei Boote der Polizei. Im
Wasser schwammen einige Taucher, die immer wie-
der in der Tiefe verschwanden. Der Greifer des Krans

senkte sich langsam ab, nach wenigen Minuten wurde er wieder heraufgezogen. In seinen stählernen Fängen schwankte ein Fahrzeug, ein Kastenwagen, aus dem in einem großen Schwall das Wasser auslief.

Ich blickte gespannt auf das Bergungsmanöver. Sabine stieß mich leicht an und reichte mir ein Fernglas, das sie mit einem bittenden Lächeln von einem Mann neben uns ausgeliehen hatte. Ich fixierte das schwebende Auto und sah mich bestätigt: Es handelte sich um einen dunkelblauen Kastenwagen der Marke Citroen. Sogar das Kennzeichen war noch deutlich zu lesen.

Bei dem geborgenen Fahrzeug handelte es sich zweifelsfrei um das Gefährt von Maria Guillot.

Während der Wagen an Bord des Schiffes gehievt wurde, tauchten die Froschmänner unentwegt ab. Stumm verfolgte ich ihre Arbeit, sie schienen, so nahm ich an, nach etwas zu suchen. Nach einiger Zeit kletterten sie auf die Polizeiboote, die sofort zum Ufer aufbrachen.

In gewisser Weise war ich erleichtert. Falls die Taucher die Leiche von Maria Guillot gesucht haben sollten, waren sie erfolglos gewesen, hatten sie sie nicht gefunden, entweder, weil sie nicht dort lag, oder, weil sie im Schlamm verbuddelt war. Das Fehlen einer Leiche ließ aber auf jeden Fall die Möglichkeit offen, dass Sabines ehemalige Nachbarin noch lebte.

„Wenn die auf Mallorca jedes Auto auf diese Weise entsorgen, haben sie bald eine immense Inselvergrößerung", sagte ich lakonisch. Nirgends auf der Welt schien es so viele Autos auf einem Flecken zu geben wie auf dieser Insel. Ich hatte mich schon mehrmals gefragt, wo die vielen Blechkisten nach ihrer Verwendung blieben. Sabine machte mein Gedankenspielchen über die mallorquinische Autoflut mit. Es lenkte uns von der Entdeckung des Fahrzeuges von Maria ab. Wir wussten nichts damit anzufangen.

Meine Chauffeuse drängte zum Aufbruch. es kam mir vor, als wünsche sie die Begegnung mit Moreno herbei, was mich wiederum sehr beunruhigte. Meine diesbezüglichen vorsichtigen Bemerkungen tat Sabine mit einem verdächtig harmlosen Lachen ab. Unwillig folgte ich ihr und beruhigte mich erst auf der Weiterfahrt über eine wunderschöne Gebirgsstraße. Sabine wollte unbedingt noch eine Stippvisite in Deia machen, bevor wir zu Moreno fuhren.

Mir war nur noch heiß. Ich trottete in dem Dorf mit den im Hang liegenden Gassen lustlos und mechanisch hinter meiner Liebsten her und hatte kein Gehör für ihre Begeisterung. Zufällig stolperten wir auch über den Friedhof an der Kirche, wo wir mit einem schönen Blick in die Landschaft entschädigt wurden.

Deia sei das Dorf der Künstler, hatte Sabine bewundernd erklärt, aber ich konnte mich nur zur Bemerkung
durchringen, es müssten sich wohl um Lebenskünstler und damit um Nichtstuer handeln. Meine Freundin erfreute sich hingegen an den vielen Gärten, in denen die Zitronenbäume und Apfelsinenbäume
noch voller Früchte hingen und sie staunte über die Häuser, die in meinen Augen oft lieblos behandelte Bruchbuden waren. Es war stickig und heiß in dem Ort, in dem es offenbar nur neugierig umherlaufende Touristen gab. Für mich war das Kaff ein weltfremdes Dorf, in dem die Bewohner, falls es sie überhaupt gab, wenig Wert auf Äußerlichkeiten legten. Einzig einige Galerien hätten mein Interesse wecken können, aber sie waren noch bis zum frühen Abend geschlossen. Die Galeristen zogen es vor, der brütenden Sonne zu entgehen und in den kühlen Tageszeiten zu arbeiten.

Endlich hatte Sabine ein Einsehen und schob mich zu unserem Wagen zurück. Die Zunge klebte mir am Gaumen und ich war froh, als ich bei unserer Weiterfahrt einen kleinen Parkplatz, fast über den Klippen entdeckte, der zu einem größeren Haus mit Garten und einer Gaststätte gehörte. La Fornada, so bezeichnete ein Schild diese Stelle, die uns einen überwältigenden Blick hinab auf die Felsenküste mit einem steil aufragenden Vorsprung bot und auf das Meer, mit seinem Blau in den immens vielen Tönen.

Auf der Terrasse des kleinen, hoch oben im Hang gebauten Restaurants mit dem Namen Son Marroig unterhalb der Parkplatzes genehmigten wir uns bei der prächtigen Aussicht eine Erfrischung, ehe sich die letzte Etappe unserer Fahrt wirklich nicht mehr vermeiden ließ.

Selbst meine Anregung, den Landsitz des österreichischen Erzherzogs Ludwig Salvator, der fernab seiner Heimat als Luis Salvador lebte, zu besichtigen, konnte mir nur eine kurze Schonfrist bieten. Zwar war auch Sabine durchaus angetan von dem Gebäude und der von Wegen durchzogenen Gartenlandschaft, doch drängte sie mit einem Blick auf die Uhr zum Aufbruch.

„Auf nach Valldemossa!", rief sie heiter, „dein Freund Moreno wartet auf uns!"

Ich biss mir kräftig auf die Unterlippe, um mir eine Antwort zu verkneifen.

Yolanda

Unsere Zeitplanung klappte bestens. Pünktlich auf die Minute erreichten wir den von Moreno ausgezeichnet beschriebenen Parkplatz in seinem Wohnort. Der Anwalt lehnte lässig an dem Hinweisschild und winkte erfreut zurück, als Sabine ihn hupend begrüßte. Mit dem blendensten Lächeln, das er auf Lager hatte, näherte er sich meiner Sekretärin, die er zur Begrüßung fest umarmte und offenbar nicht mehr loslassen wollte. Erst als ich mich vernehmlich räusperte, sah der Mallorca-Verschnitt von Casanova einen Anlass, auch mich mit einem flüchtigen Händedruck zu bedenken.

„Herzlich willkommen in Valldemossa, der schönsten Stadt auf Mallorca", behauptete er überschwänglich zur Begrüßung.

Wir standen an einem Zebrastreifen und warteten darauf, die Straße überqueren zu können. Aber für die zahlreichen Autobesitzer schien die Markierung zum Schutze der Fußgänger auf der zentralen Straße keinerlei Bedeutung zu besitzen. Man missachtete auch hier, wie offenbar überall auf der Insel, die gesicherten Überwege.

Ich sah mich um und stellte zu meiner Verwunderung fest, dass das Dorf in der Tat anders aussah als die vielen anderen Dörfer, durch die ich bisher gekommen war. Hier gab es keine Hotelburgen und Touristenläden in Reihe wie in den Badeorten, aber auch nicht die trostlose Öde der innerhalb der Insel gelegenen Flecken, die wie ausgestorben schienen mit ihren abgeschotteten Häusern an den schmalen Straßen ohne Grün.

Valldemossa war, so empfand ich es, anders. Die Straßen waren ordentlich, die Häuser sahen gepflegt aus. Und als Moreno endlich von der Hauptstraße in eine Seitengasse abbog, war die Überraschung perfekt. Die Gasse war sauber gepflastert, die zweistöckigen Häuser beiderseits sahen fast alle gleich aus, waren alle gemauert und mit fast identischen grünen Klappläden versehen. Für bunte Tupfer sorgten Töpfe und Körbe mit Blumen und Büschen, die am Rand standen oder an den Wänden hingen.

„Sie haben es schön hier", sagte ich anerkennend, „schön und ruhig."

„Hat Chopin auch gemeint", bemerkte Moreno stolz, „er hat hier mit seiner Geliebten, der Schriftstellerin George Sand, gelebt. Sie kennen sicherlich seinen berühmten Spruch, mit dem er Mallorca beschrieben hat?"

Ich nickte bestätigend, obwohl ich nicht wusste, war Moreno meinte und was ihn auch nicht davon abhielt, den Spruch zu zitieren: „Ein Himmel wie Türkis, eine See wie Lapislazuli, Berge wie Smaragd. Luft wie der Himmel." Man müsse wissen, dass Valldemossa früher einmal eine Klosterstadt gewesen sei, fuhr er fort. „Der Karthäuser-Mönchsorden hatte hier ein Domizil, das aufgegeben werden musste und von der spanischen Obrigkeit enteignet wurde."

Der Anwalt hatte uns auf einen belebten Platz geführt, der an zwei Seiten von dunklen Gebäuden umgeben war, dem ehemaligen Kloster mit der Kirche. Dahinter, so erklärte uns Moreno, befände sich ein wunderschöner Klostergarten mit einem einmaligen Blick über das Land bis hin zum Meer. „Hier ist der Placa Cartoixa mit der Kartause und der Klosterkirche", bestätigte Moreno meine Beobachtung.

Viel war von der bestimmt malerischen Umgebung nicht zu sehen. Zu viele Touristen schritten gaffend umher, die wohl alle nur ein Ziel kannten, sie wollten die Klosterzelle besichtigen, in der Chopin und George miteinander gelebt hatten.

Dankend verzichteten wir auf die von Moreno angebotene Besichtigung des ehemaligen Liebeslagers. Ich drängte zur Eile, wollte raus aus dem Trubel.

Schnell führte uns Moreno in ein Viertel unterhalb der ehemaligen Klosteranlage. Die steilen Gassen waren wieder von den schlichten, aber in ihrer Einheitlichkeit schönen Steinhäusern geprägt. Es war sehr eng. Jedes Mal, wenn ein Kleinwagen vorbeischlich, mussten wir uns schmal machen. Man habe im 17. Jahrhundert halt noch nicht an die Verkehrsverhältnisse der Gegenwart gedacht, lachte Moreno gewinnend.

Insgeheim musste ich zugeben, dass es gut war, uns von ihm führen zu lassen. Im Gewirr der Gassen hätten wir ihn nicht so leicht gefunden, zumal ich zwar Bezeichnungen an den Häusern, nicht aber Straßenschilder entdeckte. Andererseits störte mich etwas. Ich wusste nur nicht, was es war. Meines Erachtens waren wir manchmal zu viel um die Ecken gegangen. Aber wahrscheinlich wollte uns der stolze Moreno einen Überblick über seinen Ort verschaffen, ehe er schließlich vor einem der Häuser, fast zu Beginn einer steil abwärts führenden Gasse, stehen blieb. Wir seien bei ihm zu Hause, erklärte er mit großer Zufriedenheit, während er die Tür öffnete und uns Einlass gewährte.

Mir stockte der Atem angesichts der Grazie, die uns im Haus entgegenkam. Eine solche Frau hatte ich noch nicht oft gesehen in den vielen Jahren meines Lebens. Diese schlanke, großgewachsene Schönheit in dem enganliegenden grünen Seidenkleid mit der samtig angebräunten Haut, den langen, schwarzen Haaren und den feurig-grünen Augen machte mich sprachlos.

„Ich bin Yolanda, die Frau von Carlos", sagte die Grazie lächelnd, beinahe schon selbstverständlich auf

Deutsch, als sie mich umarmte und mir einen flüchtigen Begrüßungskuss auf die Wange hauchte. Am liebsten hätte ich die Umarmung nicht mehr aufgehoben, zumal das Parfüm von Yolanda ein weiteres tat, um meine Sinne zu betören.

Irgendwie fand ich mich dann doch wieder allein, getroffen von einem wütenden Blick von Sabine.

Mit einer grazilen Handbewegung forderte uns Yolanda auf, ihr ins Haus zu folgen.

Es war angenehm kühl in den Räumen, mit Staunen betrachtete ich die Eleganz der Wohnung. Marmorböden, Perserteppiche, viel Licht an den hellen Wänden und Decken verbreiteten eine harmonische Atmosphäre. Das von außen so karg wirkende Haus lebte in seinen Mauern, versteckte den Reichtum und die Eleganz vor den Blicken der Passanten. Die Morenos hatten Geschmack, wie die Möbel und die vielen schmückenden Elemente zeigten. Umwerfend war gewiss Yolanda als Frau des Hauses und passend zu ihrer Schönheit bot sich das Wohnzimmer dar, zu dem wir zwei Stufen hinabsteigen mussten. Auf weißem Marmor standen dunkelbraune Ledersofas, in einem alten, offenen Kamin lagen Holzscheite, die bei Kälte gewiss für wohlige Wärme sorgen würden. Eine wandhohe, breite Glasfront offenbarte einen Blick in einen kleinen Innenhof, der mit einer Komposition von farbenprächtigen Blumen und Ziersträuchern dem Auge schmeichelte. Den absoluten

Höhepunkt dieses traumhaften Wohnzimmers fanden wir aber an einer großen, weißen Wand. An ihr hing nur ein einziges riesiges Bild, eindeutig ein Gemälde von Maria Guillot, das von mehreren Halogenstrahlern geschickt ausgeleuchtet wurde.

Noch vor wenigen Tagen hätte ich das Bild als chaotische Farbkleckserei abgetan, aber in dieser Umgebung entfaltete es eine Schönheit und Kraft, die mich unweigerlich in den Bann zog. Das Bild zeigte, so verstand ich es jedenfalls, ein Paar im Liebestaumel.

„So verstehen Sie es", bemerkte Yolanda mit einem betörenden Lächeln, während sie mir einen Aperitif reichte, den ich trotz des Alkohols einfach nicht ausschlagen konnte. „Jeder interpretiert das Bild auf seine eigene Art." Sie prostete mir zu. „Maria hat einmal bei einer Ausstellungseröffnung gesagt, sie male nur. Für die individuelle Interpretation sei der jeweilige Betrachter zuständig. Das unterscheide sie beispielsweise von einem Schriftsteller, der mit seinen Worten nicht nur beschreiben, sondern auch erklären müsse."

Ich wusste nicht, wohin ich meinen Blick wenden sollte. Unentwegt rutschte er nervös zwischen Yolanda und dem Bild umher.

Sabine erlöste mich endlich, indem sie mich auf zwei Skulpturen aufmerksam machte, die auf Marmorsäulen links und rechts neben dem imposanten Gemälde standen. Für mich waren die Skulpturen Abbilder der beiden Menschen, die sich auf dem Bild leidenschaftlich liebten, aber auch das sei gewiss eine Interpretationssache, fügte ich meiner Erklärung schnell hinzu.

Nur mit Unbehagen stimmte Moreno meiner Bitte zu, eine Skulptur in die Hand nehmen zu dürfen. Sie war erstaunlich leicht, als ich sie umdrehte, fand ich auf der Standfläche die Signatur, die die Skulptur als Werk von Maria Guillot kennzeichnete. Bei ihren Bildern schrieb sie immer den vollen Namen, bei den Skulpturen ließ es Maria bei einem „MGS" mit einer Nummer bewenden.

„Das bedeutet Maria Guillot Skulptur Nummer 17", erläuterte mir die bezaubernde Yolanda, von der ich nicht verstand, wie sie es mit einem Langweiler wie Moreno aushalten konnte.

„Eigentlich viel zu teuer für einen kleinen Rechtsanwalt aus Palma de Mallorca." Ich sah keinen Anlass, mich für die Bemerkung zu entschuldigen, die mir spontan herausgerutscht war und die mir einen missbilligenden Blick von Sabine bescherte.

Aber Moreno lachte nur. „Ich habe sehr viel Glück gehabt. Das Bild und die Skulpturen stammen aus den Anfangsjahren von Maria. Da war sie noch unbekannt und der Preis noch bezahlbar. Heutzutage sind

Gemälde und Skulpturen für unsereins unerschwinglich geworden. Die Kunstwerke sind zu echten Kapitalanlagen geworden."

„Sie müssen wissen, mein Mann ist ein Maria-Fan", wiederholte Yolanda eine hinlänglich bekannte Aussage von Moreno. „Manchmal habe ich den Eindruck, er liebe sie mehr als mich", sagte sie mit einem unverschämt betörenden Lächeln für ihren Gatten.

Der scherzhaft gescholtene Anwalt hob beschwichtigend die Hände und bot uns höflich Plätze auf der Ledergarnitur an.

Yolanda entschuldigte sich zu meinem Bedauern. Sie müsse sich um das Essen kümmern, erklärte sie uns und beauftragte ihren Gatten, sich fürsorglich um uns und die Getränke zu kümmern.

Es würde mich wundern, dass eine Künstlerin wie Maria Guillot ausgerechnet auf Mallorca arbeite, sagte ich beiläufig, während ich die Vorspeise, eine Art Knoblauchcreme mit getoasteten Brotscheiben, genoss.

Moreno schmunzelte. „Mallorca ist halt die Insel der Künstler schlechthin." Nirgendwo auf der Welt sei die kreative Schaffenskraft so konzentriert wie auf dieser Insel. Deia beispielsweise sei die größte Künstlerkolonie. Bildende Künstler, aber auch viele Schriftsteller hätten sich dort niedergelassen. „Man kann das mit wissenden Augen auch erkennen, dass das Dorf in gewisser Weise vergeistigt erscheint und seine Bewohner auf die weltlichen Aspekte wenig Wert legen", behauptete Moreno zu meinem Erstaunen. „Dort sieht es meines Erachtens immer etwas abstrus, verklärt und weltfremd aus. Da wird lieber Kunst gemacht als der eigene Garten gepflegt."

Maria war da noch extremer, dachte ich mir. Aber sie war ja auch als Künstlerin noch eine Klasse besser als die vielen Möchtegernkünstler.

Bei der Hauptspeise mit mehreren Gängen berichtete Sabine zu meinem Unmut über unseren Besuch bei dem Galeristen in Palma und über unseren Kummer wegen Marias Verschwinden.

Moreno hörte interessiert zu und auch Yolanda schien mehr Aufmerksamkeit Sabines Worten zu widmen als meiner Person.

Hoffentlich sei Maria nichts passiert, meinte Yolanda besorgt. „Sie war auf dem Weg ganz nach oben."

‚Und lag jetzt vielleicht ganz unten im Hafenbecken von Port de Sóller', dachte ich mir.

Aber ich hatte nicht mit der Fähigkeit meiner bezaubernden Sekretärin gerechnet, meine finsteren Gedanken lesen zu können. Unbekümmert informierte sie über den nassen Fund von Marias Wagen, was Moreno anscheinend beunruhigte.

Er ließ seine Bratwürstchen liegen und entschuldigte sich für sein Gehen.

Angeregt, wenn auch durchaus mit einer gewissen Rivalität, unterhielten sich Yolanda und Sabine über das Leben auf Mallorca, das Kochen, das Arbeiten, wobei ich nicht herausbekam, was Yolanda eigentlich machte, außer sich mit Moreno zu langweilen. Ich hatte nur mitbekommen, dass sie in Deutschland Innenarchitektur und Kunstgeschichte studiert hatte.

Wenige Minuten später kam der Anwalt zum Esstisch zurück. „Also", sagte er mit hörbarer Erleichterung, „der Wagen war leer. Maria war nicht darin. Auch ist nicht zu erwarten, dass sie im Hafenbecken liegt."

Meinen staunenden Blick hatte er richtig gedeutet. „Ich habe einen Freund bei der Polizei in Port de Sóller angerufen. Er hat es mir berichtet."

Moreno betrachtete Sabine und mich mit Besorgnis. „Die Polizei sucht übrigens in Port de Sóller nach Ihnen. Passanten haben geglaubt, Sie heute Morgen an der Promenade gesehen zu haben. Aber die Verdächtigen waren schon verschwunden, als die Polizei ankam."

Ob es nicht doch besser wäre, sich zu melden, gab ich zu bedenken.

„Nein", sagte Moreno entschlossen. „Im Knast können Sie für Kehren noch weniger tun, als Sie jetzt schon tun können." Er musterte mich. „Außerdem konzentriert sich die Ermittlung immer mehr auf das deutsche Paar, das zuletzt im Haus von Maria Guillot war. Wenn die Polizei Sie einmal in den Fängen hält, kommen Sie nicht mehr so schnell davon." Er grinste gequält. „Für uns alle ist es am besten, wenn Sie den Entführungsfall aufklären. Das ist der beste Beweis für Ihre Unschuld."

Gerne übernahm ich die Argumentation zur Beruhigung meines Gewissens, auch wenn sie nicht unbedingt überzeugend war.

Für kurze Zeit kauten wir stumm vor uns hin, dann meldete sich Moreno wieder zu Wort. „Ich habe noch etwas, das ich Ihnen zeigen möchte." Aus der Brusttasche seines Hemdes zog er ein zusammengefaltetes Blatt.

Es war die Kopie des Schreibens von Maria an den Galeristen in Palma, datiert auf den Tag nach ihrem Verschwinden.

Sie müsse untertauchen, hatte Maria in flüssiger und gut lesbarer Schrift geschrieben. Ihr überraschender, überstürzter Auszug aus der Wohnung sei erforderlich geworden, weil man sie massiv bedrohe und erpresse. „Ich werde mich woanders auf der Welt niederlassen und arbeiten. Auf Ihre Dienste als Galerist muss ich ab sofort verzichten, weil ich sämtliche Kontakte abbrechen will. Den Verkaufserlös meiner Werke, die sich noch in Ihrem Besitz befinden, erbitte ich nicht mehr auf das bisherige Konto, sondern auf ein neues, das ich Ihnen noch mitteilen werde. Hochachtungsvoll Maria Guillot."

„Ist der echt?" Eine andere Frage fiel mir auf Anhieb nicht ein.

„Ist er", bestätigte Moreno. „Jedenfalls ist er eindeutig von Maria verfasst worden."

„Woher haben Sie den Brief?" Sabine sah erstaunt auf, nachdem sie die Sätze gelesen hatte.

Moreno lächelte milde. „Von dem Galeristen", sagte er ruhig, „ich vertrete ihn."

Yolanda legte behutsam ihre Hand auf meinen Unterarm, was mir einen Schauer über den Rücken jagte. „Sie müssen wissen, der Galerist ist mein Onkel."

Ich war verwirrt, ich glaubte, überhaupt nichts mehr zu verstehen. Oder war es nur die flüchtige Handbewegung gewesen, die mich derart verunsicherte? Irritiert griff ich nach meinem Wasserglas und nahm einen kräftigen Schluck.

Moreno brachte es fertig, meine Irritation noch zu steigern. „Der Brief ist zwar von Maria geschrieben, aber er ist nicht typisch für sie. Maria hat unseren Onkel geduzt und alle ihre Briefe mit der Bemerkung ,Ich liebe euch alle' beendet. Auch hat sie nie eine Kontonummer genannt. Unser Onkel hat ihr das Honorar immer per Scheck bezahlt."

„Was bedeutet das?"

„Für mich bedeutet das, dass Maria absichtlich von ihrer Ausdrucksweise abgewichen ist, um zu signalisieren, dass etwas nicht stimmt", antwortete Moreno. „Ich vermute, sie hat sich den Brief diktieren lassen oder sie musste ihn unter Zwang schreiben. Außerdem hat sie ihre Briefe immer mit einem Post scriptum versehen, das sie stets mit einem ‚dj' paraphierte."

Das „dj" musste für Davina Jussten stehen. Demnach, so folgerte ich, musste auch der Galerist ihren ursprünglichen Familiennamen kennen. Warum hatte er mich aber belogen?

„Haben Sie eigentlich Informationsmaterial über Maria, Kataloge oder so?", fragte ich.

„Nicht viel", bedauerte Moreno, während ich Yolanda betrachtete, die selbst beim Abräumen des Tischs und dem Gang in die Küche eine atemberaubende Figur machte. Er habe einige Kataloge der Ausstellungen in Palma und in Barcelona, mehr aber auch nicht, fuhr Moreno fort. Er würde viel für ein Gesamtverzeichnis ihrer Werke geben, aber das habe Maria bisher nicht veröffentlicht.

Unruhig drängte Sabine nach drei Stunden zum Aufbruch. Sie wolle noch vor Anbruch der Dunkelheit im Hotel sein, behauptete sie und Moreno hatte in seiner schleimigen Art Verständnis für ihren Wunsch geäußert.

Zuvor hielt er jedoch noch eine unangenehme Überraschung für mich bereit. Er reicht mir einen verschlossenen Briefumschlag. Darin befänden sich die Abrechnung für seine Dienste im Auftrag von Kehren und dessen Rechnungen, die er vorgestreckt habe. Es fiele mir sicherlich leichter, das Geld in Deutschland einzutreiben als ihm in Spanien. Er wäre mir sehr verbunden, wenn ich das Anwaltshonorar begleichen und es mit Kehren verrechnen würde, sagte er mit übertriebener Höflichkeit.

Auf seine Begleitung zu unserem Wagen konnte ich daraufhin noch eher dankend verzichten. So, wie er mir den Weg dorthin beschrieben hatte, konnten wir ihn auch ohne den undurchschaubaren Winkeladvokaten, dessen Rolle mir immer suspekter vorkam, finden. Wir brauchten nur die Gasse abwärts gehen und uns zwei Mal rechts halten, hatte mir die spanische Schönheit erklärt, was mir im Nachhinein bestätigte, dass uns Moreno auf dem Hinweg im Kreis herumgeführt hatte, wahrscheinlich um mit der Attraktivität des Kaffs zu protzen.

Bei der Umarmung zum Abschied im Hausflur erblickte ich an der Wand das Diplom mit der Aussage, dass Yolanda da Silva vor zehn Jahren Miss World gewesen war.

„Grundler, du bist und bleibst der größte Mistkerl auf Erden!" Wütend beschimpfte mich Sabine, kaum dass sich die Haustür hinter uns geschlossen hatte und wir auf dem glatten Pflaster langsam durch die Gasse stiegen. „Du hättest dich albernen Gockel einmal sehen müssen. Am liebsten hättest du die Frau mit deinen Augen ausgezogen und mit Haut und Haaren vernascht. Du bist und bleibst ein alter, geiler Bock!"

Meinen massiven Protest und zutreffenden Vorbehalt, sie selbst würde in unerträglicher Weise mit dem feisten Moreno anbändeln, wollte meine Liebste nicht hören. „Hau ab, du Affe, lass mich in Ruhe!" Sie blieb störrisch stehen. „Ich kann dich nicht mehr sehen."

Ich ging gelassen weiter. Das war so ein typischer Eifersuchtsanfall von Sabine, den ich nicht weiter tragisch nahm. Sie würde sich schon wieder beruhigen. Zügig ging ich weiter in dem Wissen, dass Sabine mir in einiger Entfernung folgen würde. Was wollte sie schon ohne mich in diesem Dorf? Sie musste wie ich zum Auto zurück.

„Tobias!" Beinahe schmerzend hörte ich ihren angsterfüllten Schrei. „Tobias!"

Erschrocken drehte ich mich um und erkannte den dunklen Toyota, der fast geräuschlos auf mich zugerollt kam und der die gesamte Breite des abschüssigen Weges einnahm. Nur noch wenige Meter war er von mir entfernt. Davonlaufen war in der schmalen

Gasse unmöglich, ich sprang mit gewaltigem Herzklopfen zur Seite, wo eine mannshohe Wand keine Fluchtmöglichkeit ließ. Aber ich hatte verdammtes Glück, ich erwischte eine kleine Einlassung in dem Gestein, gerade tief genug, um mich darein zu pressen. Sekundenbruchteil später rollte der Wagen auch schon an mir vorbei. Ehe ich mich besinnen konnte, hatte der Fahrer den Motor gestartet und Vollgas gegeben.

Keuchend und mit zittrigen Beinen hockte ich mich auf die Erde, der Schweiß schoss mir aus allen Poren. Das war verdammt knapp gewesen. Ich glaubte, dass der Wagen mich sogar noch leicht gestreift hatte.

Sabine kam auf mich zugelaufen und kniete sich vor mich. Sie nahm meinen Kopf in die Hände und bedeckte mich mit vielen Küssen. Sie weinte und schluchzte, als wir minutenlang in einer innigen Umarmung auf dem Pflaster lagen.

Schließlich rappelten wir uns langsam auf. Kein Mensch hatte sich um uns gekümmert, kein Mensch hatte das Attentat mitbekommen. Ich wollte nicht zu Moreno zurück, ich traute ihm nicht mehr. Betroffen schlichen wir zu unserem Wagen, stumm fuhren wir nach Palma. Wir wollten nicht reden, wir konnten nicht reden, wir waren nur froh, dass wir den Besuch bei Moreno unbeschadet überstanden hatten.

Erst in der Hotelbar löste sich die Anspannung. Sabine berichtete mir, wie sie die Szene beobachtet hatte, ich gab meine Schilderung. Nur auf die Frage, wer mich warum aus dem Weg räumen wollte, fiel uns keine Antwort ein. Da konnte ich nur vermuten und ich kam dabei immer wieder auf Moreno.

Als wir im Bett lagen, sah mich Sabine zärtlich an. Sie hatte sich an mich gekuschelt. „Wie war das noch? Den Appetit kannst du dir woanders holen, gegessen wird aber zu Hause.

Formentor

Lange hatten Sabine und ich am Samstag beim Frühstück darüber nachgedacht, ob wir tatsächlich noch unsere geplante Tour zum nördlichsten Zipfel von Mallorca nach Formentor machen sollten. Auf der einen Seite fühlten wir uns schlapp und kaputt, auf der anderen Seite nervte uns die Warterei auf den Rückflug. So rangen wir uns letztendlich doch zu der Fahrt durch. Vielleicht konnten wir bei dem Ausflug quer über die Insel abschalten und unsere innere Ruhe wiederfinden.

Autofahren kann so schön entspannend sein, dabei konnte ich, vornehmlich als Beifahrer, abschalten und zugleich meine Phantasie aktivieren. Yolanda hatte uns beim Abendessen vorgeschlagen, die Fahrt nach Formentor mit einer Inselrundfahrt zu verbinden und auf einer Straßenkarte einige Städtchen markiert, die wir durchfahren oder durchlaufen sollten.

„Dann wollen wir doch den Ratschlag deiner neuen Liebe folgen, mein Liebster", sagte meine Liebste mit einem zärtlichen Lächeln. „Ich stehe Ihnen gerne zu Diensten, mein Herr."

Ich nahm ihr Angebot nicht in dem Sinne wörtlich, wie ich gewollt hätte, sonst wären wir wohlmöglich nicht aus dem Hotel herausgekommen. So lagen stattdessen geschätzte zweihundert Kilometer mallorquinische Straßen in einem Ibiza vor uns, als Sabine in Palma auf die Via Cintura in Richtung El Arenal fuhr. Yolanda hatte uns Nebenstrecken empfohlen, weil wir dort weniger Autoverkehr haben würden, wie sie als Einheimische wusste, und weil wir an Ecken vorbeikämen, die wenig von Touristen aufgesucht würden.

Ich ließ die ausgedörrte Ebene an mir vorbei fliegen, konzentrierte mich mehr auf mein Innenleben als auf die vielen Blickfänge unterwegs.

Interessanter als die trostlosen, grauen Straßen von Llucmanor, über die wir fuhren, fand ich Felanitx, vor allem wegen der Markthalle im erhöhten Zentrum neben der alten Pfarrkirche. In einem Straßencafé tranken wir, von einigen Einheimischen argwöhnisch gemustert, einen Kaffee und freuten uns, endlich einmal in einem Städtchen zu sein, in dem die Mallorquiner eindeutig in der Mehrheit waren und die Touristen mit der gebotenen Skepsis betrachtet wurden, auch wenn wir dieses Mal selber das Objekt der missmutigen Betrachtung waren. Beim Bummel durch das schöne, urtümliche Städtchen entdeckte ich in einer engen Seitengasse eine leerstehende Kneipe, die zum Verkauf anstand. Ich hätte sie in ihrem etwas herunter gekommenen, ältlichen Charme am liebsten sofort erworben.

Aber als Sabine kategorisch bemerkte: „Ohne mich!", verwarf ich meine Gedanken an einen Immobilienerwerb auf Mallorca ein für alle Mal.

Über Manacor fuhren wir nach Artá und mussten dort, wie Yolanda es uns als unbedingt erforderlich aufgetragen hatte, die burgartige Befestigungsanlage auf dem Kalvarienberg in der Ortsmitte besichtigen. Ein Rundgang über die Wehrmauer würde uns wunderbare Ausblicke auf das Land bescheren. Yolanda hatte tatsächlich nicht zu viel versprochen. Der Blick reichte weit von der flachen Hügelkette im Westen, hinter der gelegentlich ein Meeresstreifen zu erkennen war, bis tief in den Osten und in die dortige Ebene.

Enttäuscht waren Sabine und ich von der Fahrt entlang der Küste von Can Picafort bis nach Port d'Alcudia. Den Nationalpark der Albufera-Sümpfe links der überfüllten Hauptverkehrsstraße konnten wir gelegentlich hinter Appartementsblocks erkennen. Das Meer, das nur wenige Meter rechts von uns entfernt lag, konnten wir wegen der Hotelanlagen und Eigentumswohnungen nur selten erblicken. Was mich aber am meisten störte, das waren die vielen Menschen, die unentwegt über die Straße zu den Geschäften liefen, die vielen Autos, die mit dem Recht des Stärkeren über die Straße schossen, und die vielen Mopeds, die sich laut dröhnend durch den Stau drängelten. Hier oben im Norden war es nicht mehr schön, sondern nur noch unerträglich voll.

Erst zwischen Alcudia und Port de Pollensa führte die Straße endlich einmal direkt am Meer entlang, gab es schöne Ausblicke über die weitläufige Bucht, die leider viel zu schnell vorüber waren. Hinter dem Hafenstädtchen ging die Straße weiter zur Halbinsel Formentor, dem nördlichsten Zipfel von Mallorca. Achtzehn Kilometer bis zum Leuchtturm am Cap de Formentor signalisierte uns das Schild am Rande der schmalen Straße, die uns aus dem Ort hinaus zunächst in eine bewaldete Region führte. Doch schon bald, nachdem wir links vor der abgesperrten Zufahrt zum Hotel Formentor abbiegen mussten und den großen Parkplatz passiert hatten, ging es ins Gebirge, in die Ausläufer der westlichen Bergkette. Auf und ab leitete uns die Straße über Serpentinen und enge Kurven in die Landschaft, die dem Hochgebirge bei

Sóller ähnelte. Allerdings hatten wir hier immer wieder begeisternde Blicke auf das wunderbar blaue Meer. Glücklicherweise kamen uns unterwegs Autos entgegen, sonst hätten wir geglaubt, uns verfahren zu haben. Busse fuhren überhaupt nicht auf dieser Strecke, die oft bedrohlich nahe an den Felsen entlang gebaut war und deren Kurven knapp an den Klippen vorbeiführten. Nur eine provisorische Abgrenzung aus gelegentlich angehäuften Steinen oder einer flachen Leitplanke gab scheinbare Sicherheit vor einem Abrutschen über die Klippen tief hinunter ins Meer oder in eine steinige, leblose Schlucht.

Die Anspannung war Sabine anzusehen, wenn sie eine Haarnadelkurve ansteuerte, über deren Rand wir nicht mehr sahen außer dem bis zum Horizont reichenden tiefblauen Wasser. Zwei Aussichtspunkte passierten wir und nachdem wir einen Tunnel durchfahren hatten, konnten wir endlich das letzte Teilstück der ungewöhnlichen Piste in Angriff nehmen. Nur für wenige Meter führte die Straße durch fast ebenes Gelände, dann begann wieder die elende Kurverei, zunächst bergab, und dann wieder steil bergauf, bis wir endlich am Café am Fuße des Leuchtturms ankamen.

Auf einem Parkplatz endete die Straße. Es gab nur wenige Touristen, die wie wir den Mut gehabt hatten, hierhin zu kommen. Sabine atmete erleichtert durch, als sie sich auf einem Stuhl auf der Caféterrasse niederließ.

„Ich bin heilfroh, wenn wir wieder unten sind", stöhnte sie. Sie wollte nur noch ihre Ruhe haben, verdeutlichte mir meine Liebste, als ich wenige Minuten später meine Verschnaufpause für beendet erklärte und einen Spaziergang über einen Naturlehrpfad durch die Felsen hinab zum Meer vorschlug.

Zwangsläufig marschierte ich alleine los und beschritt den ausgezeichneten Weg. Schon nach wenigen Metern kam es mir vor, als sei ich der einzige Mensch auf dieser Welt. Aber dieser Schein trog, wie ich mit Grimmen feststellte. Wann immer ich auch zu Boden blickte, sah ich die braunen Zigarettenfilter, die achtlos auf die Erde zwischen die Steine geworfen waren. Die Kippen waren mir schon an manchen Stränden unangenehm aufgefallen, wie die großen Getränkeflaschen aus Plastik, die achtlos als Abfall liegen blieben. Gab es überhaupt noch eine Stelle auf Mutter Erde, wo es keines der unvergänglichen Beweismittel der Nikotinsucht gab? Ich würde nicht darauf wetten. Bestimmt hatten auch schon auf dem Nordpol oder in der Sahara Zigarettenraucher ihre ewigen Hinterlassenschaften gelassen.

Von derartigen Gedankengängen unberührt, hatte meine Liebste ein Nickerchen gemacht, aus dem ich sie nach meiner Rückkehr zärtlich aufweckte. Kurz darauf brachen wir zu unserer Rückfahrt auf. Langsam rollten wir bergab, vorsichtig umkurvte Sabine die Felsen.

Doch plötzlich war alle Vorsicht vergebens. Mit einem dumpfen Knall sackte der Wagen nach links vorne. Wir hatten ein Rad verloren. Bevor wir uns von dem Schrecken erholen konnten, hörten wir den zweiten Knall, dann setzte das Fahrzeug auch hinten links auf. Nur noch auf den beiden rechten Rädern rutschen wir vorwärts, immer schneller wurde der Wagen, immer näher kam die scharfe Kurve, die die Straße von der Klippe wegführte. Anstelle einer ehemals sichernden Leitplanke tat sich im Fahrbahnknick ein breites Loch auf.

Ich riss das Lenkrad nach rechts und drehte den Zündschlüssel. Die Reifen rutschten über das unbefestigte Bankett, der Wagen stieß mit dem rechten Kotflügel schräg gegen die Felswand. Das metallische Schleifen entlang des Steins wurde noch übertönt von Sabines Schreien. Meine Liebste hatte ihr Gesicht hinter den Händen verborgen, wollte nicht sehen, was mit uns passierte.

Immer noch rutschte der Wagen weiter, immer bedrohlicher wurde der Blick aufs Meer, immer kleiner der Abstand zur Klippe.

„Tobias!", brüllte Sabine in Todespanik, während ich von Angst in Schweiß gebadet gleichzeitig kräftig an der Handbremse zog und krampfhaft das Lenkrad festhielt. Ich glaubte selbst nicht mehr daran, aber noch vor dem Abgrund kam der Wagen zum Stillstand.

Der Ibiza hing am Fels, ich lag auf der Beifahrertür, Sabine über mir.

„Raus!", schrie ich Sabine an. „Raus, bevor die Kiste wieder losrollt!"

Umständlich und nach meiner Empfinden viel zu langsam kletterte Sabine aus dem demolierten Fahrzeug. Ich folgte ihr schnell mit heftig pochendem Herzen und atmete erleichtert durch, als ich endlich auf der Straße stand und mich strecken konnte. Leichter Schwindel machte sich aus Erschöpfung in meinem Kopf breit.

Sabine ließ sich weinend am Straßenrand nieder.

Ich sah mich benommen um. Niemand war in der Nähe, der uns hätte helfen können. Es war aber auch niemand in der Nähe, der später einmal als Zeuge über unseren Unfall hätte berichten können.

Ich besichtigte den demolierten Kleinwagen und kam zu der fast schon erwarteten Feststellung, dass jemand die Muttern gelöst haben musste, mit denen die Räder befestigt waren. Ich überlegte nicht lange, beugte mich in den Ibiza, legte den Leerlauf ein, löste die Handbremse und drückte von hinten gegen den leichten Wagen. Er bewegte sich sofort und ließ sich mühelos weiterschieben. Endlich hatte er ausreichend Schwung, um von allein vorwärts zu rutschen. Er durchbrach die Absperrung und stürzte bergab. Mehrmals prallte er gegen den Felsen.

Als ich den Blick in die Tiefe riskierte, sah ich, wie er auf dem Wasser aufschlug und in einer Gischtwolke für immer verschwand.

‚So, jetzt dürften wir endgültig Ruhe vor unseren Widersachern haben‘, dachte ich mir. ‚Jetzt haben sie uns endgültig erledigt. Jetzt sind wir tot.‘

„Tobias, ich will weg von hier. Ich will weg von Mallorca.“ Weinend umklammerte mich Sabine. Sie konnte sich zunächst nicht beruhigen. Sie hatte mir schluchzend zugesehen, als ich die beiden Räder einsammelte und ebenfalls in die Tiefe warf.

Es dauerte immens lange, bis Sabine wieder einigermaßen bei Verstand war. „Wer will was von uns?“, fragte sie mich mit verweinten Augen.

Ich wusste es nicht, ich konnte es nur vermuten. „Wahrscheinlich sind es die Kerle, die auch Maria gekidnappt haben.“

„Aber woher wissen sie von uns? Woher wissen sie, wo wir sind?“

Sie konnten es nur von einem Menschen wissen, überlegte ich, von Moreno. Oder gab es noch eine Möglichkeit, gab es vielleicht doch die Jugendbande, die Touristen terrorisierten und Treibjagden auf sie veranstalteten, wie Kehren behauptete und die deutsche Boulevardpresse schrieb?

Es stand mir nicht der Sinn danach, in dieser Situation eine Antwort zu finden. Ich hielt es mit Sabine. Ich wollte weg von hier. Ich wollte weg von Mallorca.

„Aber wie?", fragte Sabine, als wir zu Fuß zurück zum Leuchtturm liefen, der Weg dorthin war immer noch näher als zur nächsten Bebauung in der anderen Richtung. Die wenigen voll besetzten Fahrzeuge, die uns begegneten, hatten keinen Platz, uns mitzunehmen. Die Fahrer schienen sich auch nicht um unser Schicksal zu kümmern. Sie hatten genug mit sich selbst und der anstrengenden Fahrerei zu tun.

„Aber wie?", fragte Sabine noch einmal, weil ich immer noch schwieg. „Was sollen wir tun?"

Viele Möglichkeiten standen uns nicht offen. Es gab im Prinzip nur eine einzige, die mir vielleicht sogar die Chance gab, dem Geheimnis näher zu kommen, auch wenn sie mir nicht sonderlich gefiel.

„Rufe deinen Freund Carlos Moreno an", antwortete ich und kramte eine Telefonkarte aus meiner Jeanstasche. „Er soll uns abholen und den Verlust des Wagens mit dem Autoverleiher klären."

Wenn Moreno unser Gegenspieler war, musste er sich einmal zu erkennen geben. Wenn er es nicht sein sollte, hatte ich ein neues Problem.

Wie mit mir besprochen, erzählte Sabine dem spanischen Anwalt das Märchen, sie hätte auf der abschüssigen Straße angehalten, dabei fatalerweise den Gang ausgekuppelt und vergessen, die Handbremse zu ziehen, als wir ausgestiegen waren, um die Landschaft zu besichtigen. Urplötzlich sei der Wagen losgerollt und über die Klippen gekippt.

Die Besorgnis in den Gesichtern von Yolanda und Moreno schien echt oder war ausgezeichnet gespielt, als sie uns fast zwei Stunden später am Leuchtturm abholten. Es war eng in dem Opel Corsa, als wir vier losfuhren. Ohne unseren Hinweis nahm Moreno kurzerhand den schnellsten Weg nach Palma von Pollensa über Inca in Angriff.
„Ich an Ihrer Stelle hätte mich in einem der großen, modernen Luxushotels in Palma versteckt", sagte er gelassen. „Oder irre ich mich?", fragte er, während er mich im Rückspiegel betrachtete.
Wo er Recht hatte, konnte ich ihm nicht widersprechen. Also ließ ich es sein.
Yolanda versuchte während der Fahrt, uns aufzumuntern. Wir hätten noch längst nicht alle Schönheiten der Insel gesehen, behauptete sie, nachdem Sabine von unseren Besichtigungsfahrten gesprochen hatte. Wir hätten noch keine der berühmten Höhlen, nicht das Kloster Lluc, oder den Prominentenort Port d'Andraitx mit den architektonisch einmaligen Villen

gesehen, von den vielen anderen Attraktionen ganz zu schweigen. „Vierzehn Tage Mallorca sind einfach viel zu wenig, um alles zu erleben."

Mir reichten die beiden Wochen allemal, ich wollte nichts mehr erleben, ich wollte nur noch überleben. Das reichte mir für mein Dasein. Ich hatte die Schnauze gestrichen voll. Allenfalls Yolandas Angebot, wir sollten sie einmal besuchen, dann würde sie gerne für uns die Fremdenführerin spielen, konnte mich demnächst vielleicht bewegen, meine Abneigung zu beheben. Oder war es nur die Schadenfreude in Anbetracht des bösen Blicks von Moreno zu seiner Schönen, die mich spontan veranlasste, „gerne" zu sagen?

Bis in unser Hotelzimmer begleiteten Yolanda und Moreno uns. Sie boten sich sogar an, bis zu unserem Abflug in unserer Nähe zu bleiben, aber wir lehnten dankend ab.

Ich beobachtete Yolanda, die neugierig auf den kleinen Tisch schielte, auf dem ich die alte Tageszeitung aus Aachen abgelegt hatte. Sie hatte auf der Titelseite einen Bericht über den Besuch des spanischen Königs in Deutschland gesehen. Selbstverständlich überließ ich ihr die Zeitung.

„Grüßen Sie Kehren von mir. Ich werde mich von Deutschland aus um ihn kümmern", sagte ich zum Abschied lustlos zu Moreno.

Der Anwalt nickte. „Ich muss ihn ohnehin heute noch besuchen." Er drückte mich zu meiner Überraschung fest an sich. „Passen Sie auf sich auf, mein Freund, und auf Ihre tolle Frau. Ich würde mich freuen, Sie irgendwann einmal wieder auf Mallorca begrüßen zu können." Er sah mich herzlich an. „Sie haben mir übrigens sehr geholfen."

„Wobei?"

Moreno lachte. „Damals in Bonn. Da haben Sie mich Ihre Seminararbeit in Steuerrecht abschreiben lassen. Ohne die gute Note dafür hätte ich mein Studium in Deutschland nicht bestanden."

Sabine und Yolanda herzten sich innig. Sie würden sich auf jeden Fall wiedersehen, versprachen sich die beiden Frauen, als seien sie schon seit ewigen Zeiten Freundinnen.

Bingo

Sabine und ich waren froh und glücklich, als wir am Sonntag endlich abflugbereit im Flugzeug saßen. Anstandslos hatten wir unser Gepäck abgeben können, problemlos waren wir durch die Kontrolle gekommen, kommentarlos bekamen wir die Bordkarten. Das undurchschaubare Meer der Touristen im Flughafengebäude gab uns anscheinend den Schutz vor eventuellen Ordnungshütern und Fahndern, die nach uns Ausschau hielten. Andererseits schien es unwahrscheinlich, dass man uns entdecken konnte. Woher sollte die Polizei wissen, dass wir ausgerechnet an diesem Tag um diese Zeit in diesen Flieger einsteigen würden? Dass ich dennoch Sabine vorgeschlagen hatte, getrennt durch die einzelnen Schranken zu gehen, war eine reine Vorsichtsmaßnahme.

Es konnte uns nicht einmal sonderlich verärgern, dass das Flugzeug wenige Augenblicke vor dem Start von der Rollbahn zurückbeordert wurde und unter der hoch am Himmel stehenden Sonne am Rande des Flugplatzes geparkt wurde. Aus Gründen, die uns niemand sagte, verspätete sich der Abflug um drei Stunden.

‚Na, und?', fragte ich mich. ‚Dann sind wir eben drei Stunden später zu Hause.'

Ohne Murren hatte ich am Morgen die immens hohe Hotelrechnung beglichen, kommentarlos die unverschämte Gebühr des Taxifahrers bezahlt und jetzt nahm ich schweigend die unerwartete und lange Verzögerung unseres Abfluges hin. Die nörgelnden und auch lauthals protestierenden Fluggäste, die mit uns das Schicksal teilten, in der vollen Enge des Flugzeugs ausharren zu müssen, ließen mich unberührt. Ich saß neben Sabine, streichelte ihre Hand und freute mich mit ihr über das bisschen Leben, das wir hatten. Mehr wollte ich nicht.

Mit dem mulmigen Gefühl in der Magengegend, das mich bereits auf dem Hinflug heimgesucht hatte, stieg ich wieder in die Luft. Abermals presste ich mich besorgt in den Sitz zurück, als der Pilot den Flieger endlich auf Höhe brachte, und ich zuckte wieder zusammen, als die Maschine schräg in der Luft hängend einen Halbkreis flog. Bei unserem Glück würde es passieren, dass das Flugzeug auseinander brach, wir ins Meer stürzten und ausgerechnet Sabine und ich die einzigen Menschen waren, die mitten in einen Haifischschwarm gerieten, während alle anderen Insassen auf wundersame Art und Weise gerettet wurden.

Um mich abzulenken, kramte ich in meinen Papieren, las die Notizen auf meinem Block und öffnete den Briefumschlag, den mir mein Freund Moreno gegeben hatte. Er enthielt wie angekündigt eine Abrechnung über die Honorarkosten, die nicht von schlechten Eltern waren. In Deutschland würde sich kaum ein Anwalt trauen, derartige Summen zu fordern, wenn er nicht riskieren wollte, vor die Anwaltskammer zitiert zu werden. Aber ich verlor schnell das Interesse an dieser Abrechnung, als mein Blick auf verschiedene Belege fiel. Moreno hatte alle offen stehenden Rechnungen von Kehren bezahlt, unter anderem für einen Leihwagen, für die Benutzung des Zimmertelefons und für den Verzehr einiger Getränke aus der Zimmerbar. Ich stutzte, blätterte nochmals durch die Belege und meine Notizen und dachte konzentriert nach.

„Bingo!", sagte ich laut in das Flugzeug hinein, sodass sich einige Nachbarn erstaunt umsahen. Ich war auf etwas gestoßen. Tat sich unerwartet eine Spur auf, hielt ich etwa die Lösung zumindest eines Falles in den Händen?

Das wäre zu simpel, dachte ich mir, aber ich würde dieser Spur nachgehen, auch wenn sie mich in eine Sackgasse führen würde. Auf eine Sackgasse mehr kam es nun auch nicht mehr an. Aber dieser wahrscheinliche Weg in die Irre war immer noch besser als ein untätiges Herumsitzen, das Kehren und mich nicht weiterbrachte.

Die Zeit verging im wahrsten Sinne wie im Fluge. Ich atmete schweißgebadet und erleichtert tief durch, als das Flugzeug in Köln-Wahn Boden unter die Räder bekommen hatte. Es hätte nicht viel gefehlt und ich hätte ebenfalls dem Flugzeugführer Beifall gezollt. Ich verstand nicht die Hektik, die die anderen Passagiere befiel, als endlich die Türen geöffnet wurden. Jeder wollte der Erste sein, drängelte rücksichtslos den Nachbarn beiseite und fluchte über die langsame Großmutter, die nicht aus den Füßen kam. Ich saß mit geschlossenen Augen neben Sabine und wäre wahrscheinlich eingeschlafen, wenn mich nicht eine nette Stewardess mit einem leichten Tippen auf die Schulter aufgefordert hätte, mich abzuschnallen und auszusteigen.

„Sie haben's überstanden und leben noch", munterte sie mich charmant auf.

Müde rappelte ich mich auf und folgte den langen, wehenden blonden Haaren, die zweifelsohne zu meiner Allerliebsten gehörten.

Beinahe provozierend frech grinste ich die rastlosen Passagiere an, die vor den Förderbändern auf ihre Gepäckstücke warteten. Kaum waren wir in die Halle gekommen, wurden Sabines Koffer und meine Reisetasche ausgeliefert. Wir waren die Ersten, die, ohne überhaupt kontrolliert zu werden, das Flughafengebäude verlassen konnten.

Die spätsommerliche Hitze, die uns empfing, empfand ich als unangenehm, bei weitem nicht so erträglich wie die Hitze auf Mallorca. Wahrscheinlich lag es an der hohen Luftfeuchtigkeit, die mein Wohlbefinden beeinträchtigte. Auf Mallorca war es mir besser ergangen, da war die Luft angenehmer, trockener gewesen. Langsam schlenderten wir mit unserem Gepäck zum Parkdeck, auf dem wir Sabines Polo abgestellt hatten. Meine Sekretärin hielt mir schon demonstrativ den Autoschlüssel hin.

„Die nächsten tausend Kilometer bis du mein Chauffeur, mein Schatz", bestimmte sie, ohne einen Widerspruch gelten zu lassen.

Unsere gute Laune verschwand mehr und mehr, je näher wir dem Abstellplatz kamen. Schon von weitem sahen wir Polizeiwagen und ein Tanklöschfahrzeug der Flughafenfeuerwehr. Die nächste Verzögerung schien programmiert.

Vermutlich, so sagte ich zu Sabine, hat der Wagen eines Urlaubers beim Starten Feuer gefangen. Das könne nach einer langen Parkzeit und einer unzureichenden Belüftung schnell passieren.

Ärgerlich war nur, dass die Polizei den Unglücksort mit Flatterbändern abgesperrt hatte und dabei auch die Fläche einbezogen hatte, auf der Sabines Polo stand.

Der Polo stand immer noch da, wo wir ihn geparkt hatten, auch wenn ich ihn nicht auf Anhieb wiedererkannte. Aber die Nummer des Parkplatzes war eindeutig, das Wrack, das dort stand, war einmal ein Polo gewesen. Jetzt war der Kleinwagen nur noch ein Schrotthaufen, aufgeplatzt, ausgebrannt. Die benachbarten Fahrzeuge waren ebenfalls beschädigt.

Beunruhigt sprach ich einen Polizisten an und wies ihn höflich darauf hin, dass der zerstörte Polo unser Auto sei.

„Dat war Ihr Auto", kommentierte der Uniformierte trocken mit kölschem Humor, „damit kommen'se keinen Zentimeter mehr weit." Er musterte mich und Sabine bedauernd, dann rief er einen Kollegen. „He, Jupp, dat sin die Lück!"

Der Mann, der Josef hieß, unterbrach sofort seine Arbeit am Polo, kam auf uns zu und bat uns, ihm in einen Polizeiwagen zu folgen.

„Was ist passiert?", fragte ich ungehalten. „Können Sie mir das bitte erklären."

Josef blieb gelassen und ließ sich von Sabine die Fahrzeugpapiere, unsere Flugscheine und den Parkausweis zeigen, nachdem wir in seinen Dienst-Ford gestiegen waren. Erst danach sah er sich veranlasst, auf meine Frage zu antworten.

„In dem Wagen war eine Bombe installiert, die vor gut zwei Stunden hochgegangen ist", erklärte er ruhig. „Vermutlich war sie mit einem Zeitzünder versehen. Aber das müssen unsere Experten noch klären." Er sah uns mit ernster Miene an. „Wenn Sie in der Kiste gesessen hätten, hörten Sie jetzt bestimmt schon die Engel singen."

„Bitte?" Ich musste mich verhört haben.

Sabine stöhnte nur und sank in den Autositz zurück.

Er hätte sich doch deutlich und unmissverständlich ausgedrückt, entgegnete der Polizist. „Jemand hat in Ihrem Wagen eine Autobombe installiert, die explodiert ist und die jeden Insassen getötet hätte." Er sah mich aufmerksam an. „Haben Sie etwa Feinde?"

‚Eigentlich nur auf Mallorca', wollte ich antworten, doch dann hielt ich mich zurück. Ich zuckte mit den Schultern. „Nicht, dass ich wüsste", sagte ich wider besseren Wissens.

215

„Hm", sagte unser Freund und Helfer Josef nachdenklich und schüttelte den Kopf. „Da haben Sie aber verdammtes Glück gehabt, dass Ihr Flug eine so große Verspätung hatte." Und er fügte überflüssigerweise hinzu: „Ansonsten wäre Ihnen die Karre wahrscheinlich auf der Autobahn zwischen Düren und Weisweiler um die Ohren geflogen."

Nach der umständlichen Aufnahme der Formalitäten und dem Erstatten einer Strafanzeige gegen Unbekannt konnten Sabine und ich endlich gehen.

„Wie kommen Sie nach Aachen?", hatte Josef mitfühlend gefragt. Ob er einen Polizeiwagen anfordern soll?

Ich lehnte dankend ab. „Du hast doch einen netten Schwager und die schönste Schwester der Welt, sie sollen uns abholen", schlug ich Sabine vor.

Meine Liebste war sofort einverstanden, sie wusste, was mit mir war. Ich brauchte Dieter, ich musste mit ihm reden, überlegen, gemeinsam mit ihm den Lösungen unserer Probleme näher kommen.

Eines hatte mir das Attentat auf dem Flughafen jedenfalls deutlich gemacht: Unsere Feinde saßen nicht nur auf Mallorca.

„Aber wer sind deine Feinde?", fragte Dieter nachdenklich, als er uns im Daimler heimwärts fuhr.

„Alle, die nicht meine Freunde sind", antwortete ich zornig, um sofort abzuschwächen, „es können alle sein, die nicht meine Freunde sind."

Es war schön, endlich wieder zu Hause zu sein, im Kreise der Familie, in der Nähe von Dieter und Do, die mir immer Rückhalt gegeben haben. Und es war schön, wieder mit Sabine allein in meiner kleinen, ehemaligen Studentenbude am Templergraben zu sein. Wir lagen kaum im Bett, da schlief Sabine auch schon ermattet in meinen Armen ein. Ich blieb hingegen lange wach und machte mir meine Gedanken. War es noch Wirklichkeit oder schon Traum, als ich die Geistesblitze hatte, von denen ich überzeugt war, dass sie mir die richtungsweisenden Hinweise auf die Lösung aller Fälle gaben?

Und ich hatte plötzlich die große Gewissheit, dass meine Widersacher mit dem Bombenanschlag in Köln ihren bisher größten und wahrscheinlich auch ihren entscheidenden Fehler gemacht hatten.

Ich verbrachte jedenfalls anschließend eine ruhige Nacht und war frisch und munter, als mich Sabine am nächsten Morgen zärtlich in das Leben zurückholte.

Scherbenhaufen

Am Montag gönnten Sabine und ich uns noch etwas Ruhe, aber am Dienstag stürzten wir uns wieder Hals über Kopf in die Kanzleiarbeit in der festen Überzeugung, dass jeder Tag ohne uns meinen Freund und unseren Brötchengeber Dieter näher an den Rand des finanziellen Ruins treiben würde. Die Komplimente der Kollegen über unser gesundes Aussehen mit der schönen Bräune und dem Gesichtsausdruck, der Erholung ausstrahlte, nahm ich verständnislos entgegen. Ob ich braun war oder nicht, erholt aussah oder gemästet wie ein Schwein, das war mir so einerlei wie sonst nichts auf der Welt. Ich fühlte mich nicht erholt, nicht gesund, nicht zufrieden. Ich blieb angespannt und vorsichtig und richtete mich auf weitere Anschläge ein, denen ich zuvorkommen musste. Ich befand mich in einem fatalen Wettrennen auf Leben und Tod, ich musste die Gauner erwischen, auf deren Fersen ich zwar war, die ich aber konkret noch nicht kannte. Es sprach nichts dafür, dass sie ihre kriminellen Attacken auf mich einstellen würden. Dennoch versuchte ich, im Kanzleialltag Normalität einkehren zu lassen.

Mit größtem Vergnügen nahm Sabine meine Anweisung entgegen, mich mit Moreno zu verbinden.

Er hörte sich besorgt an, nachdem ich ihn endlich nach langer Warterei zu sprechen bekam. „Sabine hat mich über das schreckliche Geschehen in Köln informiert. Was ist nur los?", fragte er mich.

Ich hatte gehofft, er könne mir diese Frage beantworten, ich jedenfalls wollte es nicht.

Aber Moreno gab sich ebenfalls ahnungslos. Er habe an den letzten beiden Tagen lange mit Kehren zusammengesessen, dessen Prozess überraschenderweise schon übermorgen beginnen sollte. „Vielleicht hoffen unsere Justiz und unser Inselrat, mit einer Aburteilung die leidige Diskussion über die vermeintliche Bandenkriminalität stoppen zu können", mutmaßte der Anwalt.

„Auf den Knochen unseres Mandanten", schimpfte ich und Moreno stimmte mir bedauernd zu.

„Kehren hält nicht mehr lange durch", bestätigte er. „Gestern ist er zusammengebrochen, als ich ihn über den Prozessbeginn informiert habe."

Auch wenn ich es Moreno nicht sagte, eigentlich interessierte mich Kehren nur an zweiter Stelle. Ich wollte endlich Gewissheit über ihn selbst. „Carlos, warum hat mich Ihr Onkel angelogen?"

Moreno blieb nicht lange still. „Ich habe ihm schon gesagt, dass das ein Fehler war", antwortete er ruhig und beherrscht. „Es gehört wohl zum Ehrenkodex in der Kulturbranche, dass man nicht über die Geburtsnamen der Künstler spricht, sondern nur über deren

Künstlernamen." Moreno legte eine Atempause ein. „Ich habe mir gedacht, dass Sie danach fragen werden, Tobias. Deshalb habe ich schon mit meinem Onkel geschimpft. Ich habe ihm gesagt, dass wir auf Ihre Hilfe angewiesen sind, wenn wir Maria wiederfinden wollen."

Das war der richtige Zeitpunkt für mich, meine Bitte loszuwerden. Zu meiner Überraschung reagierte Moreno sofort und gab mir die Information, die ich brauchte.

Er lachte. „Ich habe meinen Onkel danach gefragt und ich möchte Ihnen helfen, damit Sie nicht den Verdacht bekommen, ich hätte etwas mit Marias Verschwinden zu tun."

Ich wusste nicht, ob ich ihm bedenkenlos glauben sollte. Moreno war gerissen, er war fast so gut, so erinnerte ich mich, dass er mein Partner sein könnte, natürlich nach Dieter; aber von meinem Freund wusste ich, dass ich ihm vorbehaltlos vertrauen konnte. Bei dem spanischen Anwalt hielt ich dagegen Vorsicht durchaus noch angebracht.

Ob er nicht ein Feldbett im Gericht aufschlagen wolle, fragte ich ihn scherzhaft zum Abschluss unseres Telefonats. „Jetzt, wo Sie mit Pedro Menendez und Ferdinand Kehren gleich zwei Angeklagte zu verteidigen haben."

Moreno lachte hell auf. „Ich kann mir nicht vorstellen, dass Yolanda damit einverstanden wäre. Sie kann ohne mich nicht einschlafen."

Interessiert wählte ich die Rufnummer, die ich auf dem Display von Marias Telefon gelesen hatte. Ich war gespannt, ob ich weiterkam als Böhnke vor wenigen Tagen, als er für mich recherchiert hatte.
Eine klare, fröhlich klingende Frauenstimme meldete sich knapp mit „Leder".
Ob sie Maria Guillot kenne, fragte ich die Frau, nachdem ich mich mit meinem Namen vorgestellt hatte, und bekam ein kurzes „Ja" zur Antwort.
Meine Frage, ob Maria Guillot zu sprechen sei, wurde mit einem fast ebenso kurzen „Nein" beschieden.
„Wo ist sie denn?" Langsam wurde ich ungehalten.
„Nicht hier." Endlich legte die Frau ihre Zurückhaltung ab. „Maria müsste auf Mallorca sein. Ich bin ihre Freundin und versuche seit Tagen vergeblich, sie zu erreichen. Sie meldet sich nicht." Ich sei nicht der Erste, der sich nach Maria erkundige. Die Frau drehte den Spieß um. „Was wollen Sie von meiner Freundin?", fragte sie.
„Ein Gemälde", antwortete ich schnell, „ich möchte ein Gemälde kaufen."
Frau Leder, die nach dem Eintrag im Telefonbuch Renate hieß, wie ich während des Telefonats herausge-

funden hatte, einen Doktortitel hatte, sich als Journalistin bezeichnete und in Richterich wohnte, bedauerte. „Die Bilder können Sie nur in Galerien erwerben. Auf Palma de Mallorca oder auch hier in Aachen." Bereitwillig nannte sie mir die Adresse und die Telefonnummer des Aachener Galeristen. „Sie können gerne dort ihr Glück versuchen. Vielleicht weiß er auch mehr über den Verbleib von Maria."

Ich hatte mich an den Rand von Sabines Schreibtisch gelehnt und beobachtete die Versuche meiner Liebsten, Stemmler anzurufen. Dieser Fall war noch am schnellsten zu lösen, sagte ich mir, während ich die Fotos unseres Mallorca-Urlaubs in den Händen hielt. Stemmler würde sein blaues Wunder erleben, nicht zuletzt dank der Aufmerksamkeit von Dieter.

Mein Blick fiel auf die Scherben, die Sabine vor sich ausgebreitet hatte. Die Reste einer zertrümmerten Skulptur waren alles, was ihr von unserer fehlgeschlagenen Begegnung mit Maria geblieben war.

Für 18 Uhr bestellte meine Sekretärin Stemmler in die Kanzlei zu einem Gespräch mit mir. Er stimmte begeistert zu.

Ich hing sinnierend in meinem Sessel. Mir fehlten noch einige Fakten und Verknüpfungen. Fast mechanisch griff ich zum Telefon und wählte die Rufnummer meines lieb gewordenen Ansprechpartners bei der Aachener Kriminalpolizei.

Kommissar Böhnke hörte mir geduldig zu und machte sich sogar während unseres langen Gesprächs einige Notizen. Das sprach dafür, dass er mich und meine Situation Ernst nahm. Auch schlug er mir eine Strategie vor, wie die Lösung möglicherweise zu finden war. „Ich bin dabei stets in Ihrer Nähe, mein Freund. Es wird Ihnen nichts passieren." Diese Zusicherung reichte mir. Mit Böhnke im Rücken fühlte ich mich wohler. Er war mir behilflich, auch wenn ich nicht sicher war, dass ich tatsächlich in Aachen einem Verbrechen auf der Spur war oder die Lösung doch in Mallorca zu finden war.

Ich erinnerte mich an meine Überlegungen vor dem Abflug in den Urlaub. „Was steckt hinter Luigi Martini, Herr Böhnke?", fragte ich und gab Böhnke meine Interpretation seiner scheinbaren Auskunftsfreudigkeit.

Der Kommissar schmunzelte. „Ich hätte es mit denken können, dass Sie die Geschichte durchschauen." Er stünde vor einer verzwickten Situation, bekannte er. „Wir haben immer noch nicht herausbekommen, was mit dem Mann ist. Sicher ist nur, dass er von Zürich nach Deutschland geflogen ist. In Zürich hat er sich mehrere Wochen aufgehalten", schilderte Böhnke das bisherige Ermittlungsergebnis. „In einem Hotel ist von einer Schneiderei ein Anzug abgeliefert worden, den der angebliche Martini vor fast sechs

Wochen dort bestellt hatte." Außerdem habe er einen Videofilm vorliegen, der den Unbekannten beim Betreten des Flughafens in Mönchengladbach zeigt. „Dort trug er neben seinem Koffer noch einen Aktentasche. Diese Tasche ist verschwunden."

Die Tasche habe zu einem neuen Ermittlungsansatz in Zürich geführt. „Wir haben herausbekommen, dass der angebliche Martini mehrfach mit einer Privatbank verhandelt hat. Es ging dabei um einen höheren Geldbetrag, den er abheben wollte."

Raubmord, fiel mir als Stichwort ein. „Jemand hat Martini im Hotelzimmer überfallen, ihm die Tasche geraubt und ihn um die Ecke gebracht."

Diese Theorie konnte Böhnke nicht bestätigen. „Dann hätten wir im Hotelzimmer Kampfspuren oder andere Hinweise finden müssen. Die gibt es aber nicht. Wir wissen nur vom Nachtportier, dass Martini spätabends im Hoteleingang einen Mann verabschiedet hat und allein aufs Zimmer zurückgegangen ist.

„Martini war bestimmt als Geldkurier unterwegs, der Schwarzgeld gewaschen hat", folgerte ich.

Böhnke lachte nur. „Jetzt geht die Fantasie mit Ihnen durch, mein Freund. Ich halte mich lieber an die Fakten."

„Und die sind?"

„Ein unbekannter Südländer, der unter dem falschen Namen Luigi Martini auftrat, hat nach einem längeren Aufenthalt in Zürich von einer Privatbank einen höheren Geldbetrag abgehoben. In Aachen hat sich Martini in einem Hotel mit einem unbekannten Mann getroffen und ist in der darauf folgenden Nacht in der Badewanne an einer Überdosis Schlaftabletten in Verbindung mit erheblichem Alkoholkonsum gestorben."

Ich fand Böhnkes Zusammenfassung bemerkenswert. Er sprach nicht davon, dass Martini das Geld in der Tasche nach Deutschland gebracht hatte, aber er sprach auch nicht von einem Selbstmord.

„So ist es", bestätigte er mir. Der Kommissar lachte in den Hörer. „Ich habe mir noch einige Probleme offengehalten, weil ich wusste, dass Sie gerne in dem Fall mitmischen wollen. Oder?"

Dankend lehnte ich ab. „Ich habe genug mit mir zu tun." Umso mehr freute es mich, dass er trotz seiner schwierigen Ermittlungen die Bereitschaft zeigte, mir zu helfen.

Ich blätterte zufrieden durch das Telefonbuch, das ich meiner Sekretärin abgenommen hatte, stieß dabei auf die von Frau Dr. Leder und Moreno genannte Galerie Kehraus, was mich frohlocken ließ, und fand auch noch eine weitere aufschlussreiche Information. Ich brauchte bald wirklich nur noch eins und eins zusammenzuzählen, und Fall Nummer zwei war ebenfalls aufgeklärt.

Vom Jagdfieber gepackt, rief ich bei einem Reporter der AZ an. Auch mit ihm hatte ich schon mehrfach vertrauensvoll zusammenarbeiten können.

Der Journalist schien hörbar erfreut, mich in der Leitung zu haben. „Endlich einmal ein vernünftiger Mensch und kein Politiker oder anonymer Anrufer. Wo waren sie bloß die letzten zwei Wochen?" Er hätte gerne mit mir geplaudert, aber ich sei wie vom Erdboden verschluckt gewesen. „Geheime Ermittlungen?"

„Bestimmt nicht", antwortete ich lachend, „Urlaub auf Mallorca."

„Wie? Sie?" Die Verblüffung war unüberhörbar. „Sie auf Mallorca? So richtig mit Charterflug, Halbpension und ödem Herumliegen am Strand?"

„Genau so", bestätigte ich gelassen. „Absolut ruhig, ohne Stress und ohne Zeitungen."

„Haben Sie denn nichts von den Dramen mitbekommen, die sich auf Mallorca abgespielt haben?", fragte der Journalist ungläubig.

Ich stellte mich dumm, was mir nach der Behauptung meiner Liebsten überhaupt nicht schwer fiel. „Welche Dramen meinen Sie?"

Da sei doch eine weltberühmte Malerin, die aus Aachen stamme, spurlos auf Mallorca verschwunden, erzählte mir der Schreiberling, und ein armer

Oberstudienrat aus Aachen sitze in einem mallorquinischen Gefängnis, weil man behauptet, er hätte seine Ehefrau erschlagen. „Und Sie haben nichts mitbekommen?"

„So ist es", log ich unbekümmert. „Was ist denn alles passiert?"

Die Version, die mir der Journalist über das Verfahren gegen Kehren gab, steckte voller Vermutungen und

Halbwahrheiten. Doch ich hielt es für ratsam, dazu zu schweigen. Auch er kam auf die Jugendbande zu sprechen, die für den Tod von Kehrens Frau verantwortlich sei. „Ich habe deswegen sogar einen anonymen Anruf bekommen."

„Auf den Sie selbstverständlich nicht reagiert haben", fiel ich ihm kurz ins Wort.

Der Reporter seufzte. „Leider habe ich nicht reagiert. Wochen später, da waren Sie wohl schon im Urlaub, haben die Boulevardblätter den Mord aufgebauscht und alle möglichen sensationsgeilen Unterhaltungsmagazine haben ihnen nachgeeifert. Ich hätte die Geschichte von den rauschgiftsüchtigen Jugendlichen, die auf Mallorca deutsche Touristen niedermetzeln, exklusiv haben können."

Sollte ich etwa den Schreiberling bedauern? Ich sah keinen Grund dazu, das war halt sein Berufspech, wenn er sich an das journalistische Ethos gehalten hatte und sich nicht von anonymen Anrufen nötigen ließ. Andererseits war ich froh, dass der AZ-Reporter sich wenigstens noch befleißigte, einen sachlichen und seriösen Journalismus zu pflegen, der immer mehr vor die Hunde ging zugunsten der Gier nach Unterhaltung statt nach Information.

„Wann haben Sie den Anruf erhalten?", fragte ich ihn, um ihm die Möglichkeit zu geben, sich weiter auszuweinen.

„Moment, das kann ich Ihnen genau sagen", antwortete der AZ-Reporter. Ich hörte, wie er in einem Heft blätterte. „Das war an einem Donnerstagabend vor vier Wochen. Der Anruf kam nicht aus Aachen, sondern anscheinend aus dem Köln-Bonner Raum, vermute ich einmal." Manchmal hatte die moderne ISDN-Technik schon Vorteile, wenn man nämlich im Display eines Telefons die Rufnummer desjenigen sehen konnte, von dem man angerufen wurde. Das war jedenfalls eine Vorwahl aus der Ecke Köln/Bonn."

Er lachte gequält auf. „Was kann ich für Sie tun, Herr Grundler?"

„Kennen Sie Dr. Renate Leder?"

„Wen?"

„Dr. Renate Leder", wiederholte ich.

„Nie gehört", bekam ich zur Antwort. „Was ist mit der?"

„Das ist eine Kollegin von Ihnen aus Richterich. Sie steht jedenfalls als Journalistin im Telefonbuch."

„Kenne ich nicht", sagte der Schreiberling ohne nachzudenken. „Wenn ich nichts mehr weiß als Berufsbezeichnung, nenne ich mich halt Journalist. Das kann im Prinzip jeder, der irgendwann einmal den Entwurf eines Leserbriefs auf ein Blatt Klopapier geschrieben hat." Das werde wohl so eine Type sein, vermutete er. „Journalist ist wie Jurist keine geschützte Berufsbezeichnung, Sie Jurist." Er schmunzelte. „Sonst noch etwas?"

Was mit der angeblich so berühmten Malerin sei, fragte ich scheinheilig zurück.

„Die ist verschwunden. Mehr weiß ich auch nicht. Aber angeblich wird ganz Mallorca nach der Frau durchkämmt." Der Schreiberling stockte. „Ich bin immer noch auf der Suche nach dem eigentlichen Namen der Frau und nach Personen, die mir etwas über ihre Aachener Vergangenheit sagen können. Da komme ich einfach nicht weiter. Oder können Sie mir helfen, Herr Grundler?"

„Nein", antwortete ich, „mit Kunst habe ich nichts zu tun. Ich glaube, ich würde die Frau noch nicht einmal begucken, wenn sie vor mir stünde", behauptete ich. „Sie ist für mich ebenso unbekannt wie Ihr Barschel von Aachen." Ich nahm wieder die Gesprächsführung an mich.

„Haben Sie noch etwas von Luigi Martini gehört?"

„Nichts Besonderes", antwortete der Journalist. „Der liegt gut gekühlt auf Eis. Die Obduktion hat ergeben, dass es sich wohl eher um einen Spanier als um einen Italiener handelt, nicht aber, ob er ermordet wurde oder doch Selbstmord begangen hat." Dennoch dankte mir der Reporter für meine Nachfrage. „Ich werde mich sofort um die Sache kümmern."

„Sonst noch etwas?", wiederholte er seine Frage.

In der Tat konnte er sonst noch etwas für mich tun. Besser noch als ich erinnerte er sich an die Geschehnisse der vergangenen zwei, drei Jahre, an den Skandal beim CHIO, an das Theater auf dem Tivoli, an den Knatsch im Aachener Karneval, an die Politposse mit unserem Oberbürgermeister, die Finanzpleite bei einem Bauherrenmodell oder an die Massenentlassung bei einem ehemaligen Aachener Familienunternehmen, das an eine irische Investorengruppe verkauft worden war.

„Daran sind Sie nicht ganz unschuldig", hielt er mir ungerechtfertigter Weise vor.

Ich wusste es besser, musste aber aus Gründen des Mandantenschutzes schweigen. Mir tat der honorige Aachener Unternehmer Leid, der zwar auf einem gewaltigen Berg von Geld saß, aber ansonsten alles verloren hatte.

Aber das hätte der AZ-Reporter wissen können, schließlich hatte ich ihm zu einer mehrteiligen Serie über das Familiendrama verholfen, für die er in einigen Wochen mit einen der begehrtesten deutschen

Journalistenpreise ausgezeichnet werden sollte, wie seine Zeitung begeistert angekündigt hatte.

Der Schreiberling versprach, mir die gewünschten Informationen sofort aus dem Archiv zu besorgen und zu faxen. „Ist da vielleicht doch eine Geschichte für mich drin?", fragte er neugierig.

Ich wiegelte ab. Wenn tatsächlich eine Geschichte aus diesen Fällen entstehen sollte, dann würde ich sie selbst schreiben oder vielleicht die angebliche oder tatsächliche Journalistin Dr. Renate Leder oder vielleicht wir beide zusammen, weil sie die Freundin von Maria Guillot war.

Auch wenn Stemmler Schichtarbeiter und kein Maurer war, so stand er dennoch pünktlich und selbstsicher in meinem Büro. „Wo sind die Piepen?", fragte er lauthals, während er mir seine Pranke reichte und sich in den Besuchersessel fallen ließ.

„Sie werden das Geld nicht bekommen können", antwortete ich kühl. „Sie haben keinen Anspruch darauf."

Stemmler glotzte mich ungläubig und mit offenem Mund an. „Wie?", stammelte er.

Ich warf ihm das Foto aus dem Hotelgarten in S'Illot zu. „Können Sie mir verraten, warum Sie ausgerechnet morgens um sechs Uhr aufstehen mussten?" Das Foto zeigte ein Hinweisschild, auf dem in deutscher, englischer und spanischer Sprachen ausdrücklich daran erinnert wurde, dass alle Handtücher entfernt würden, mit denen morgens vor neun Uhr Sonnenliegen reserviert wurden. „Überall rund um die Schwimmbecken standen diese Schilder."

„Habe ich nicht gesehen", behauptete Stemmler ernsthaft, „die wurden bestimmt später aufgestellt."

Ich musste grinsen und reichte Stemmler die Kopie eines Artikels aus der NJW, der Neuen Juristischen Woche. Dieter hatte den Artikel über ein aktuelles Urteil gelesen. Danach hatte ein Mallorca-Urlauber einen Schadensersatzprozess verloren, der wegen zu weniger Sonnenliegen an den Hotelpools Rückerstattung seiner Kosten gefordert hatte. Das Gericht hatte die Klage wegen Geringfügigkeit zurückgewiesen.

„Sie sehen, Sie haben keine Chance", erklärte ich Stemmler nüchtern. „Sie hätten unbesorgt bis neun schlafen können und selbst, wenn dann alle Liegen sofort belegt waren, hätten Sie keinen Anspruch auf Schadensersatz."

Aber Stemmler blieb uneinsichtig. Vielleicht hatte er auch nicht verarbeiten können, was ich meinte. „Ich will, dass Sie klagen, wa!"

Eine Klage sei wegen der Erfolglosigkeit nicht sinnvoll, versuchte ich zu überzeugen.

Mein Mandant blieb stur. „Ich will den Prozess."

„Der Ihr Geld kostet", gab ich zu bedenken.

„Wieso dat denn?" Stemmler sah mich mit großen, fragenden Augen an. „Ich habe doch eine Rechtschutzversicherung. Ich bezahl die doch nicht für nichts, wa." Die Versicherung müsste bestimmt zahlen, wenn er tatsächlich den Prozess verlieren würde. Er gab sich entschlossen. „Wenn Sie nicht wollen, nehme ich mir einen anderen Anwalt."

Jetzt kam er mit der letzten Drohung, die mich nur lässig lächeln ließ. Er könne sein Glück woanders versuchen, bot ich ihm bereitwillig an, aber zunächst müsse er meine Spesen bezahlen.

„Wenn's weiter nichts ist, wa", meinte der kräftige Mann jovial und zog salopp eine Geldbörse aus seiner Gesäßtasche. „Was macht's denn?"

„7000 Mark für zwei Personen zwei Wochen auf Mallorca", antwortete ich trocken und beobachtete amüsiert den entsetzten Gesichtsausdruck meines Gegenübers.

„Dat jit et nit", sagte er entgeistert. „dat bezahl ich nit, wa." Grußlos sprang er auf und stürzte aus meinem Zimmer.

Ich klappte den Hefter mit Stemmlers Unterlagen zu und beförderte ihn mit einem gezielten Wurf in den Papierkorb.

Kehraus

„Lass die Arbeit Arbeit sein und stürz dich ins Vergnügen!" Gut gelaunt kam ich in Sabines Büro und grinste meine Sekretärin an. „Ich will mit dir einen Einkaufsbummel machen. Dein Chef hat uns Freigang gewährt." Diese Behauptung stimmte zwar nicht, sofern es ihren Brötchengeber Dieter betraf, war aber andererseits richtig, wenn ich die Chefrolle auf mich bezog. Wie ich meine Arbeit und meine Dienstzeit definierte, war immer noch meine eigene Sache, in die selbst mein Freund nicht hineinreden durfte.

Sabine reagierte auf der Stelle, räumte sofort ihren Schreibtisch auf und erhob sich freudestrahlend. „Wohin geht's denn, Chef?"

Ich nahm sie in die Arme und gab ihr einen Kuss. „Zunächst buchen wir unseren nächsten Mallorca-Urlaub

in einer Klosterzelle in Valldemossa, dann kaufen wir uns ein Bild von Maria Guillot und anschließend haben wir vielleicht sogar noch die Zeit, um nach einem neuen Wagen für dich zu suchen."

Sabine wunderte sich nicht nur über meine finanzielle Großzügigkeit, sie wunderte sich auch darüber, dass ich für unseren Einkaufsbummel meine Lederjacke überzog. „Tobias, wir haben Hochsommer", meinte sie mit einem Blick auf die Theaterstraße, auf der die Passanten luftig gekleidet umherliefen.

Mir sei kalt, entgegnete ich. Die Umstellung vom trockenen Mallorca-Klima auf die schwüle Aachener Luft ließe mich frösteln. Außerdem hätten wir schon September und da könne es immer überraschende Wetterwechsel geben. Darauf wollte ich vorbereitet sein.

„Ich hab warm", hielt Sabine unbeirrt dagegen und hakte sich zufrieden bei mir unter.

Hand in Hand schlenderten wir langsam über die Theaterstraße stadteinwärts. Dort gebe es keinen Autohändler, gab Sabine zu Recht zu bedenken, sie wolle gerne wieder zu ihrem vertrauten VW-Händler und dort einen Polo kaufen. Offenbar war ihr der fahrbare Untersatz wichtiger als ein Urlaub oder ein Gemälde.

Wir würden noch dahin fahren, beschwichtigte ich sie. „Fangen wir aber mit unserem Urlaub an." Zielstrebig ging ich auf das Reisebüro, das uns den ersten Urlaub vermittelt hatte, und eilte auf die Verkäuferin zu, die uns damals so freundlich beraten hatte.

Sie erkannte uns auf Anhieb wieder, was mir bestätigte, dass es mit unserer Bräune nicht weit her sein konnte. Wir sahen immer noch so aus wie vor unserem Urlaub. Die Verkäuferin war sichtlich erleichtert, als wir begeistert von unserem tollen Urlaub berichteten.

Sie hätte eine gute Wahl getroffen. „Wir würden am liebsten sofort wieder dahin", behauptete ich. „Wie schnell geht das?" Wir hatten uns vor den Tisch gesetzt, hinter dem die Frau ihren Platz hatte.

„Sehr schnell", antwortete sie und tippte bereits auf der Tastatur ihres Computers, bevor ich sie stoppen konnte. „Jedenfalls gibt es mit den Flügen nach Mallorca keinerlei Probleme, wenn Sie nicht unbedingt eine Pauschalreise haben wollen." Die Pauschalreisen seien, wie die Frau uns nach einem Blick auf den Bildschirm erklärte, nach wie vor ausgebucht, da kämen wieder nur die uns bekannten Last-Minute-Angebote in Betracht. Sie sah mich freundlich an. „Wenn Sie aber nur einen Flug buchen wollen, können Sie derzeit quasi zu jeder Tageszeit starten."

„Wieso?"

„Weil die Flüge von und nach Palma de Mallorca inzwischen häufiger angeboten werden als die Zugverbindungen von Aachen nach Köln oder nach Düsseldorf." Es gebe beispielsweise den Mallorca-Shuttle von Air Berlin ab Düsseldorf, der bis zu sechs Mal am Tag nach Mallorca fliegt, oder von LTU ab Köln und Düsseldorf. „Aber auch andere Fluggesellschaften bieten preisgünstig für alle Flüge Plätze an. Es ist durchaus möglich", fuhr die Verkäuferin lächelnd fort, „wenn Sie Ihre Gemahlin spontan mit einem Theaterbesuch in Palma am Abend überraschen wollen, noch am gleichen Tag nachmittags einen Flug zu bekommen und am nächsten Tag zurückzufliegen." Man könne von Aachen aus schneller zu einer Verdi-Aufführung in der Stierkampfarena von Palma kommen als zu einer Musicalaufführung in Hamburg oder Stuttgart, behauptete sie kühn. Sie würde uns gerne Eintrittskarten besorgen und ein Hotelzimmer reservieren, bot sie geschäftstüchtig an.

Ich hörte darüber hinweg. Dann bestünde für uns ja gar keine Eile, folgerte ich, falls wir uns für einen plötzlichen Besuch bei Freunden auf Mallorca entschließen sollten. Ich stand abrupt auf und sah die junge Verkäuferin zufrieden an. Sie hätte uns sehr geholfen, sagte ich dankend und verließ mit einer verwunderten Sabine das Reisebüro.

„Wieso hat sie uns sehr geholfen?", fragte mich meine Beste. »Sie hat doch überhaupt nichts getan."

Ich pfiff vergnügt vor mich hin. „Warte ab, mein Schatz", sagte ich geheimnisvoll, „die Frau hat uns große Dienste erwiesen"

Sabine betrachtete mich skeptisch, während ich sie an die Hand nahm und weiterführte.

„Jetzt kaufen wir ein Gemälde", verkündete ich verheißungsvoll, „groß, bunt und von Maria Guillot." Mit schnellen Schritten liefen Sabine und ich durch die Innenstadt bis zur Monheimsallee, wo in einem Neubau fast gegenüber von Eurogress und

237

Spielcasino die Galerie mit dem Namen Kehraus ihre Räume hatte.

„Ist das nicht das Haus, das die Studenten einmal beim Karlspreis besetzt hatten?", fragte mich Sabine erstaunt.

Ich nickte. Hier hatte das alte Haus gestanden, in dem ich so viel Ärger mit Studenten hatte und anderen, zwielichtigen Gestalten. Aber das war eine andere Geschichte, die das alte Haus nicht überstanden hatte. An dessen Stelle war ein moderner Neubau mit einer Fassade aus Glas und Marmor getreten.

Kehraus war nicht, wie von mir befürchtet, das Programm der Galerie, Kehraus war der Name des Inhabers, wie ein Schildchen am gläsernen Eingang des eleganten Geschäfts verriet. Kehraus bot keinen Ramsch an oder Auslaufmodelle, sondern ausschließlich hochwertige Werke ausgesuchter Künstler, sofern ich von den diskret ausgewiesenen Preisen Rückschlüsse auf die Qualität der Ausstellungsstücke ziehen konnte.

Die Preise waren gepfeffert, wobei die Werke von Maria Guillot die Krönung darstellten. Der Galerist, den wir zunächst gar nicht zu Gesicht bekamen, hatte keine Hemmungen, auf kleine Schilder große Zahlen zu schreiben. Mindestens 25.000 Mark verlangte er für eines der auffälligen Bilder der auf Mallorca verschwundenen Künstlerin aus Aachen.

Ich schaute mich aufmerksam um und erkannte zunächst in dem bis auf uns menschenleeren Raum nur die diskret angebrachten Kameraaugen, die die Galerie kontrollierten. Erst als Sabine und ich Anzeichen machten, wir könnten uns eventuell entscheiden oder das Geschäft ohne Ankauf zu verlassen, trat ein junger Mann, der höchstens 30 Jahre auf dem Buckel hatte, auf uns zu. Vornehm gekleidet und kraftvoll gesund sah der Galerist aus; ein Mann, der trotz seiner Jugend schon erfolgreich war, ein Mann von Welt; diesen Eindruck versuchte er zu vermitteln.

Ob dieser Eindruck zutraf oder nicht, war für mich zweitrangig, als ich Kehraus unverhohlen fragte, ob der stattliche Preis von 25.000 Mark nicht etwa einen Schreibfehler in Form einer zufälligerweise zu viel ausgezeichneten Null enthalte.

Der jungenhafte Galerist sah keinen Anlass, wegen meiner Frage vor Scham zu erröten. „Maria Guillot hat halt ihren Preis, mein Herr", antwortete er hochnäsig und mit einem süffisanten Lächeln. Der Preis für das von mir bestaunte Werk sei noch moderat, gewissermaßen ein Schnäppchen. Sollte die Künstlerin nicht mehr leben, weil ihre Entführer sie ins Jenseits befördert hätten, sei er gewissermaßen sogar gezwungen, den Kaufpreis noch einmal zu erhöhen.

Wenn ich nicht von Yolandas Onkel schon Anschauungsunterricht über die Gepflogenheiten im Kunsthandel erhalten hätte, wäre ich dem jungen Schnösel wahrscheinlich an die Kehle gegangen. So wandte ich mich unbehaglich von ihm ab. Trotz der wohl gleichen Geschäftsphilosophie verkörperte Kehraus das Gegenteil von Yolandas Onkel. Der Galerist aus Palma war souverän gewesen, schien trotz seiner Händlerseele mit seinen Verkaufsartikeln verbunden zu sein. Bei Kehraus dagegen hatte ich den Eindruck, als verkaufe er die Bilder in erster Linie, um viel Geld damit zu machen. Warum er allerdings Maria Werke zu einem, nach seiner Ansicht moderaten Preis verkaufte und die Bilder und Skulpturen nicht, wie der Onkel, zunächst einmal bunkerte und nur unter der Hand anbot, war eine noch offene Frage, die ich mir stellte und die ich Kehraus zunächst nicht hatte stellen wollen.

„He, Tobias!" Sabine, die während meiner Plauderei mit Kehraus ihre Umschau in der Galerie fortgesetzt hatte, rief mich aufgeregt zu sich. „Komm' mal!"
Schnell und neugierig schlängelte ich mich zwischen den Bilderständern an Sabines Seite.
Meine Liebste hielt eine Skulptur, die Maria Guillot zugeschrieben wurde, in den Händen. „Sieh mal", bat sie mich unruhig und drehte die Figur um.
„MGS 33", las ich auf der Unterseite als Inschrift. MGS 33, das stand zweifelsohne für Maria Guillot Skulptur 33.
„Was ist damit?", fragte ich, während ich interessiert nach dem Etikett mit dem Kaufpreis suchte.

„Das kann nicht sein", flüsterte Sabine bestürzt. „Diese Signatur steht auf einer der Scherben, die ich aus Marias Wohnung habe." Meine Freundin sah mich mit erstauntem Blick an. „Glaubst du auch, dass das hier eine Fälschung ist?"

Es musste sich um eine Fälschung handeln, bestätigte ich, indem ich mich an die Äußerungen von Yolanda erinnerte, dass Maria alle ihre Werke peinlich genau signierte. Es war nahezu unmöglich, dass sie eine Bezeichnung ein zweites Mal verwandt hatte.

Ich wandte mich Kehraus zu, der mir schleimig lächelnd gefolgt war. „Sie wissen, dass es sich bei dieser Skulptur um eine Fälschung handelt?", warf ich ihm zornig ins Gesicht, aus dem urplötzlich sämtliche Farbe wich. „Wir haben das Original mit dieser Signatur unmittelbar von der Künstlerin." Ich sah um mich herum in den hellen Galerieraum und sagte laut: „Ich würde gerne von Ihnen wissen, wie viele Fälschungen Sie hier wohl auf Lager haben." Jetzt leuchtete mir ein, warum Kehraus relativ günstig verkaufte. 25.000 Mark für einen echten Guillot waren wirklich ein Spottpreis, wenn ich Yolandas Onkel trauen konnte. 25.000 Mark für eine Fälschung hingegen ein gutes Geschäft.

Ich sah den jungen Galeristen mit einem strengen Blick an. „Nun, was ist?"

Kehraus antwortete nicht, er hatte es plötzlich sehr eilig, zum Ausgang zu kommen. Allerdings wollte er nicht flüchten, wie zu vermuten gewesen wäre. Er verriegelte die Ladentür, drehte sich um und präsentierte uns einen Revolver, den er aus seiner Anzugtasche gezogen hatte und mit dem er mit ruhiger Hand mitten auf meine Brust zielte.

„Schade für Sie", meinte er mit geheucheltem Bedauern, „einmal sind Sie noch davon gekommen. Sie wissen, in Santa Ponsa, aber jetzt ist Schluss für Sie." Der arrogante Galerist deutete mit seinem Revolver auf eine Wendeltreppe, die in den Keller führte, und zu der Sabine und ich gehen sollten. „Auf Mallorca stirbt es sich bestimmt schöner als in einem Aachener Keller."

Beschwichtigend hob ich die Arme. Ob er mir erklären könne, was er überhaupt meine, fragte ich Kehraus bescheiden. „Ich weiß nicht, was Sie von uns wollen", behauptete ich, „ich möchte wenigstens wissen, warum Sie uns ausschalten möchten."

Sabine stand starr wie eine Salzsäule neben mir.

Auch ich konnte nur mit Mühe meine äußerliche Ruhe aufrechterhalten. Angesichts des auf mich gerichteten Revolverlaufs konnte ich mich gewiss nicht entspannt und wohl fühlen.

„Tun Sie nicht so scheinheilig, mein Herr." Kehraus grinste mich böse an. „Sie wissen ganz genau, was Sache ist, Herr Grundler."

„Und was ist Sache?" Wenn ich schon so kurz vor dem Absprung in die Unendlichkeit stand, wollte ich wenigstens bestens informiert sein, um meinen neuen Freunden im Jenseits das Abenteuer meines Ablebens naturgetreu schildern zu können. „Oder soll ich Ihnen die Geschichte erzählen?" Ich war gespannt auf Kehraus Reaktion. „Wenn meine Darstellung nicht stimmt, können Sie mich gerne korrigieren", schlug ich vor.

Den energischen Wink mit dem Revolver verstand ich als deutliche Aufforderung von Kehraus, mit meiner

Erzählung zu beginnen. „Sie haben Maria Guillot entführt beziehungsweise von zwei spanischen Komplizen unter der Leitung von Rübezahl entführen lassen. Er hatte das Pech, dass wir ihn zu Gesicht bekamen, als er zum letzten Mal von Marias Haus in den Bergen bei Sóller fortfuhr." Ich rieb mir das Kinn, während ich den spöttisch dreinschauenden Galeristen beobachtete. „Ich nehme an, Sie haben Maria und ihre Werke aus dem Atelier auf einem Boot zu einem Versteck an der Westküste fortgeschafft, wahrscheinlich in der Klamm des Torrente de Pareis. Als ich Rübezahl in Sa Calobra erkannte und er offensichtlich mich, haben Sie und Ihre Komplizen befürchtet, ich könnte Ihnen auf die Schliche kommen. Sie haben deshalb versucht, uns zu beseitigen. Zu Hilfe kam Ihnen die Annonce im Mallorca Magazin. Über die Telefonnummer erfuhren Sie unsere

Unterkunft und haben dort während unserer Abwesenheit meinen Rasierapparat präpariert.«

Ich grinste Kehraus triumphierend an. „Dabei haben Sie den zweiten großen Fehler gemacht."

„Wieso zweiten?", fragte der Galerist spontan und verblüfft und hatte sich damit für mich endgültig verraten.

„Ihr erster Fehler war es, die Scherben mit der Signatur ‚MGS 33' zu übersehen, die wir im Haus von Maria Guillot gefunden haben", klärte ich den kriminellen Lackaffen bereitwillig auf. „Und dann machten Sie und Ihre spanischen Helfershelfer den zweiten Fehler. Es konnte nämlich nur jemand auf meine Spur kommen, der etwas mit dem Namen Davina Jussten in der Anzeige des Mallorca Magazins anfangen konnte, der wusste, dass sich dahinter Maria Guillot verbirgt. Davon gibt es nur wenige Menschen, etwa ihr Galerist auf Mallorca oder Sie als ihr Galerist in Aachen und ein paar andere. Und von diesen wenigen Menschen lesen bestimmt nicht alle das Mallorca Magazin. Ihre spanischen Komplizen haben Sie unverzüglich informiert, Sie haben sie beauftragt, uns zu eliminieren. Das ist misslungen, wie Sie leibhaftig sehen."

Mein Grinsen wurde noch breiter und noch frecher, ich wollte Kehraus provozieren, ich musste ihn provozieren, ihn verwirren, ihn zu einem Fehler veranlassen. Dann tat sich hoffentlich einmal eine Chance für mich auf, unsere prekäre Situation zu ändern. „Sie brachten Maria Guillot in ein anderes Versteck und ließen als Täuschungsmanöver ihren Wagen im Hafenbecken von Port de Sóller versenken."

Kehraus sah sich tatsächlich veranlasst, mir ein Lob auszusprechen. „Nicht schlecht, mein Herr." Er schaute kurz auf seinen Revolver. „Gibt's denn auch ein Motiv?"

„Selbstverständlich", antwortete ich betont lässig und zeigte mit meiner Hand durch die Galerie. Ich griff nach der Skulptur, an die sich Sabine immer noch klammerte.

„Das ist das Motiv." Ich ließ die Skulptur fallen, die auf dem Boden zersprang. „Die Fälschung ist das Motiv und die vielen anderen Fälschungen, die Sie und Ihre Helfershelfer gemalt und gestaltet haben und die Sie nun den unwissenden Kunden als Originale verkaufen wollen."

Der Nachhilfeunterricht bei Yolandas Onkel trug Früchte. „Sie erhofften sich durch das Verschwinden der Künstlerin und Ihren Bestand an angeblichen Meisterwerken quasi eine Art Monopol, bei dem Sie die Preise für Marias Arbeiten festlegen konnten. Sie nutzten dabei den Umstand aus, dass es kein Gesamtverzeichnis ihrer Werke gibt. Niemand kann Ihnen nachweisen, dass Sie ausgezeichnete Fälschungen statt der Originale verkaufen."

Ich griff nach einer anderen Skulptur und musste trotz meiner unglücklichen Situation schmunzeln. „Das Original dieses Werkes steht übrigens im Wohnzimmer eines Rechtsanwaltes in Valldemossa auf Mallorca."

Ich trat einen Schritt näher auf Kehraus zu und sofort richtete er wieder den Revolver gezielt auf meine Brust. „Wo haben Sie Maria gelassen?", fragte ich laut.

Kehraus sah mich mit kalten Augen böse an. „Sie waren nicht weit von ihr entfernt in Sa Calobra", sagte er gehässig. „Von dort haben wir sie dann weggebracht, kurz bevor die Polizei das Gebiet durchkämmte."

„Wo ist sie jetzt?", hakte ich nach.

„Auf einem Schiff vor Mallorca. Dort darf sie für uns malen, und die Bilder meiner Freunde signieren, bis wir sie nicht mehr brauchen. Dann verschwindet sie auf dem Meeresgrund mit einem Betonklotz an den Füßen."

„Ihren Abschiedsbrief hat Maria ja schon an ihren mallorquinischen Galeristen geschrieben", bemerkte ich ironisch und lächelte grimmig. „Sie konnten natürlich nicht wissen, dass Maria absichtlich einige Ungereimtheiten eingebaut hat, die uns erkennen ließen, dass dieser Brief nicht freiwillig geschrieben, sondern ihr aufgezwungen wurde." Mein Grinsen wurde noch frecher. „Bald weiß jeder, dass Maria von Ihnen entführt wurde. Es ist nur noch eine Frage der Zeit, bis auch die Polizei dahinter kommt."

Kehraus reagierte nicht auf meine Bemerkung. Er atmete tief durch und konzentrierte sich. „Damit genug von Ihrer ausgezeichneten Erzählung. Los!", forderte er und wies mit dem Revolver energisch in Richtung Kellerabgang.

„Eine einzige Frage noch", bat ich. „Stimmt meine Geschichte oder stimmt sie nicht?"

Kehraus lachte. „Wenn es für Ihr Seelenheil von Bedeutung ist, im Großen und Ganzen stimmt sie." Er wurde wieder entschlossen. „Aber jetzt ab in den Keller! Bringen wir es endlich hinter uns!"

„Nicht doch", sagte ich betont ruhig und selbstsicher, „so schnell gedenke ich nicht zu sterben." Ich schlug rasch meine Lederjacke auf und deutete auf Dieters Handy, das ich innen befestigt hatte. Langsam griff ich nach dem mobilen Telefongerät.

„Hast du alles mitbekommen, Dieter?", fragte ich für alle laut und deutlich hörbar.

Die nächsten Sekunden schienen mir wie eine Ewigkeit.

Erleichtert atmete ich auf, als ich endlich die Stimme meines Freundes hörte.

„Nicht viel, aber einiges", antwortete er. „Und was ich verstanden habe, war sehr aufschlussreich."

Für mich reichte es jedenfalls aus. Auffordernd bot ich Kehraus das Handy an. „Wenn Sie wollen, können Sie direkt mit meinem Anwalt sprechen."

Der erblasste Galerist war verstört. Bevor er sich besinnen konnte, kam schon das nächste Überraschungsmoment für ihn.

Laut mit einem metallischen Gegenstand gegen das Glas klopfend, verlangte jemand Einlass in die Galerie. Es war Kommissar Böhnke, wie ich mit großer Freude erkannte. Er war ungeduldig und hämmerte mit einem Faustring kräftig gegen das Glas, bis es splitternd zerbrach. Eine Alarmanlage wurde ohrenbetäubend in Gang gesetzt.

Kehraus starrte ziellos durch die Galerie. Er wusste nicht mehr, was um ihn herum geschah und was er als Erstes tun sollte.

Schnell schlug ich ihm mit einer Skulptur den Revolver aus der Hand. Dann stand auch schon der Kommissar neben mir und legte dem fassungslosen Kehraus Handschellen an.

Der Schock saß tief bei Sabine. Ich hatte Mühe, sie zu beruhigen und dabei meine eigene Erregung zu unterdrücken. Wir brauchten lange, ehe sich unser Zustand wieder normalisiert hatte. Wir saßen im Garten von Dieters Haus und sahen zu, wie Tobias junior versuchte, die Grillwürstchen auf dem Rost zu wenden.

„Tobias, was bedeutet das mit Kehraus?", fragte Sabine ängstlich.

Ich wusste, was sie mich damit fragen wollte, aber ich schwieg.

„Das bedeutet doch, dass auch andere hinter uns her waren?", fuhr meine Liebste fort. „Oder?"

Leider hatte Sabine Recht. Kehraus hatte energisch bestritten, an den Attentaten in Palma, Valldemossa, Formentor und Köln-Wahn beteiligt gewesen zu sein, und ich hatte Grund zu der Annahme, dass seine Aussage zutraf.

Es gab noch eine zweite Gruppe, die hinter uns her gewesen war. Lange hatte ich gebraucht, bis ich dahinter gekommen war. Aber jetzt war ich mir ziemlich sicher.

„Hat das etwas mit der Jugendbande zu tun?", wollte Dieter wissen.

Ich winkte ab und schüttelte nachdenklich den Kopf. „Ich glaube es nicht."

Franceso da Silva

Das Telefon riss mich am Morgen aus einem tiefen Schlaf. Sabine und ich hatten verschlafen. Es hatte lange gedauert, bis wir in der Nacht unsere Ruhe gefunden hatten. Ich fühlte mich wie gerädert, als ich am Schreibtisch im Halbschlaf nach dem Hörer grapschte und mich meldete, während sich Sabine nebenan im Schlafzimmer murrend auf die andere Seite drehte.

Unser Rezeptionsdrachen aus der Kanzlei, Fräulein Schmitz, war in der Leitung. Da musste schon etwas Außergewöhnliches passiert sein, wenn sie höchstpersönlich zum Telefon griff, um mit mir zu sprechen. In ihrer spröden Art gelang es ihr binnen Sekunden, mich hellwach zu machen.

„Ein gewisser Rechtsanwalt Moreno aus Mallorca will Sie sofort sprechen. Ich habe ihm zugesagt, dass Sie sofort zurückrufen würden."

Ehe ich mich besinnen konnte, hatte mir Fräulein Schmitz auch schon die Telefonnummer genannt, die sie bereitwillig und schnell wiederholte, nachdem ich mir endlich einen Notizzettel und einen Stift zusammengeklaubt hatte.

„Und rufen Sie sofort an. Es ist dringend", gab unsere Mutter der Kompanie mir als Rat mit, bevor sie nach einem kurzen Gruß auflegte.

„Carlos, was ist los?" Neugierig brüllte ich in das Mikrofon, um die Rauschkulisse zu übertönen, die mein Telefonat mit Moreno beeinträchtigte. „Ist Maria schon befreit?", fragte ich. Noch am Nachmittag hatte ich ihn und Böhnke die mallorquinische Polizei über die Verhaftung von Kehraus und über das Schiff, auf dem Maria Guillot von den Kunstbetrügern festgehalten wurde, informiert.

„Das weiß ich nicht. Aber ich nehme an, dass ihre Befreiung ohne Komplikationen verläuft", antwortete der Anwalt schnell.

„Was gibt's denn sonst?", fragte ich verwundert, „wieder jemand spurlos verschwunden?"

„Im Gegenteil." Moreno gab sich fast schon euphorisch. „Jemand ist wieder aufgetaucht."

„Wer?"

„Francesco da Silva."

„Wer?" Ich verstand nicht. „Wen meinen Sie?"

„Francesco da Silva, den Immobilienmakler, den mein Mandant Pedro Menendez ermordet haben soll." Der Anwalt lachte herzerfrischend.

„Was ist mit Francesco da Silva?" Ich ärgerte mich, dass Moreno nicht von sich aus loslegte. „Berichten Sie mir. Wo war er?"

Morenos Antwort ließ mich zunächst an meiner Hörfähigkeit zweifeln. „In Aachen ist er, der gute Mann.

In Aachen, in einem Tiefkühlfach. Ihr geheimnisvoller Luigi Martini ist unser Francesco da Silva."

„Wie kommen Sie darauf?" Ich konnte meine Verblüffung nicht verhehlen.

„Yolanda hat es herausgefunden", antwortete Moreno voller Stolz. „Sie hat Ihre Zeitung gelesen und ist dabei auf das Foto des unbekannten Selbstmörders gestoßen. Es ist eindeutig der von Menendez bedrohte und angeblich ermordete Immobilienmakler." Angehörige und Polizisten wären schon am frühen Morgen von Palma nach Aachen geflogen, um die Leiche zu identifizieren. „Aber es gibt eigentlich keine Zweifel. Der Tote muss da Silva sein." Moreno lachte erneut. „Ich weiß, dass ich mich auf Sie verlassen kann. Mit Ihnen löse ich jeden Fall. Der Richter hat mir vor wenigen Minuten zu verstehen gegeben, dass Menendez sofort freigelassen wird, wenn die telefonische Bestätigung aus Aachen kommt."

„Gratuliere", sagte ich erfreut, „dann haben sich Ihr Engagement und Ihre Verzögerungsstragie doch noch bezahlt gemacht. Stellen Sie sich vor, Menendez wäre letzte Woche wegen Mordes verurteilt worden. Das wäre hochpeinlich für alle, das Gericht, den Staatsanwalt und wohl auch für Sie geworden."

„Hochpeinlich wird die Sache für andere", entgegnete Moreno. „Jetzt will ich natürlich herausbekommen, was da Silva veranlasste, sich ausgerechnet in Aachen umzubringen."

„Oder umbringen zu lassen", fiel ich ihm schnell ins Wort. Ich riet dem aufgeregten Anwalt, sich deswegen mit Kommissar Böhnke in Verbindung zu setzen. „Vielleicht können Sie gemeinsam das Problem lösen."

Moreno lachte. „Ich habe eigentlich gedacht, dass Sie mir behilflich sein würden, Tobias."

Aber ich bremste ihn in seinem Wunsch, mich für seine Arbeit zu vereinnahmen. Ich sei bei den letzten Ermittlungen im Falle Kehren, auf dessen Verteidigung er sich konzentrieren müsse. „Ich kann allenfalls einige Hilfestellungen leisten. Die Geschichte mit da Silva müssen Sie schon mit Böhnke klären."

Eigentlich, so meinte Moreno abschwächend, ginge es ohnehin nur noch um die Frage, ob wegen Mord oder Selbstmord ermittelt werden müsste. „Das ist eine Gutachterfrage und wird wohl wie im Falle Ihres Politikers Barschel mit der ewigen Ungewissheit enden", vermutete der Anwalt. So lange diese Ungewissheit bestünde, so lange würde auch nicht wegen eines Verbrechens ermittelt. „Vielleicht hilft uns einmal der Zufall, so wie bei Menendez. Er wäre sicherlich früher freigelassen worden, wenn unsere spanische Polizei beim internationalen Versuch, Luigi Martini zu identifizieren, eine Verbindung zu da Silva hergestellt hätte." Moreno ließ sich kaum Zeit, um Luft zu holen. „Aber sie ging davon aus, dass da Silva schon lange tot war, als Martini starb, mithin konnte

253

Martini nach ihrer Auffassung gar nicht identisch mit da Silva sein."

Endlich gelang es mir, Morenos Redefluss zu stoppen. „Was ist denn mit dem angeblichen Geld?", unterband ich den Rechtsanwalt fragend.

„Die Sache ist klar", antwortete Moreno zufrieden. „Hier hat unsere Staatsanwaltschaft schon gute Vorarbeit geleistet, den Rest habe ich mit einem befreundeten Anwalt aus der Schweiz, den ich noch aus meinen beiden Studiensemestern in Genf kenne, geklärt." Das in Zürich abgehobene Geld stamme von einem Konto, das da Silva bei der Bank besaß. „Der Makler hat, nachdem ihm einige Käufer das Geld für die Appartements überwiesen hatten und er erfahren hatte, dass der Bau nicht zustande kommen würde, seine Firma auf Mallorca aufgelöst und alle Rechte und Pflichten auf eine neu gegründete Firma in der Schweiz übertragen. Da fiel es nicht sonderlich auf, dass er häufiger in die Schweiz fuhr. So geschah es auch am Abend nach dem Gespräch mit Menendez. Wahrscheinlich hat da Silva sich mit einem Schiff von Mallorca entfernt, vielleicht wollte er tatsächlich untertauchen, sodass ihm die Morddrohung von Menendez sehr gelegen kam. Ob er das Geld von seinem Konto in der Schweiz abgehoben hat, um es den Bauinteressenten zurückzugeben oder für sich selbst zu verwenden, wird wohl nie geklärt werden. Vielleicht war da Silva aber auch nur Strohmann für ein

Syndikat. Aber auch das wird wohl nie geklärt werden", bedauerte Moreno, „ebenso wenig wie die Frage, ob er Selbstmord begangen hat oder von etwaigen Hintermännern oder von einem Raubmörder getötet wurde."

Das sei aber nicht sein Problem, meinte der Anwalt gelassen. Er lachte. „Ich mache Ihnen einen Vorschlag, Tobias. Wenn Sie einmal Zeit und Lust haben, können wir beide gemeinsam versuchen, diese Rätsel zu lösen. Quasi als reines Freizeitvergnügen, als Urlaubsentspannung oder so. Sabine und Sie sind immer herzlich willkommen bei Yolanda und mir."

‚Wenn Moreno keine anderen Sorgen hatte', dachte ich mir. „Immer der Reihe nach, mein Freund", wiegelte ich ab, „wir müssen zunächst einmal unsere Pflichtaufgaben erfüllen. Und dabei steht die Verteidigung von Ferdinand Kehren ganz oben auf der Liste."

Nachdem ich das informative Telefonat beendet hatte, krabbelte ich schnell ins warme Bett zurück und schmiegte mich an Sabine. Mir kam der Satz in den Sinn, den Kehraus gesagt hatte: »Es stirbt sich schöner auf Mallorca."

Für da Silva traf er tatsächlich zu.

Künstler-Pech

Der AZ-Reporter gab mir mit seinem umfangreichen und interessanten Fax unwissentlich, Kommissar Böhnke bewusst und gezielt die fehlenden Fakten, die ich letztendlich benötigte, um auch das letzte Problem aufzudröseln, das ich mir mit meinem ungewöhnlichen Mallorca- Urlaub aufgehalst hatte.

Mit Böhnke, trotz seines nicht mehr jugendlichen Alters immer noch energiegeladen und engagiert, machte ich mich auf den Weg zu einer der neuen Wohnsiedlungen, die im Laufe der letzten Jahre entlang der Vaalser Straße aus dem Boden gestampft worden waren. So wenig, wie der Normalbürger in mir einen Juristen erkennen konnte, so wenig entsprach Böhnke in seiner Zivilkleidung der allgemeinen Vorstellung vom bürokratischen Schreibtischtäter. Den dienstlichen Anzug und den obligatorischen Schlips hatte der Kommissar mit Jeans und Pullunder getauscht, als er neben mir im dritten Stock eines modernen Wohnblocks stand.

Energisch drückte ich lange auf den Klingelknopf, während ich mit der anderen Hand den Türspion abdeckte.

Stürmisch wurde die Wohnungstür aufgerissen, verärgert schaute mich ein Mann an, den mein unaufhörliches Klingeln genervt hatte. Der Mann sah nicht nur dem torkelnden Touristen ziemlich ähnlich, der mich in Palma über die Mauer stoßen wollte, der Mann war zweifelsfrei der Tourist, der es auf Mallorca auf mich abgesehen hatte. Als der Kerl mich erkannte, wollte er schnell die Tür zuwerfen, doch kam ihm Böhnke zuvor, der einen Knüppel durch die Öffnung geschoben hatte.

„Schöne Grüße von Ferdinand Kehren, Herr Junggeburth", sagte ich mit übertriebener Höflichkeit. „Er hat

uns gebeten, uns mit Ihnen zu unterhalten. Wir sollen Sie als sein Entlastungszeuge nach Mallorca bringen. Sie sollen dort für ihn im Prozess aussagen." Ich schaute den verstörten Mann streng an, der bewegungslos im Flur stand.

Mit einer schmutzigen Freizeithose und mit einem weißen Unterhemd gekleidet starrte uns Junggeburth an, der immer noch nicht begriffen hatte, was mit ihm passierte. Hinter Junggeburth konnte ich beim Blick in das Wohnzimmer die angebrochene Bierflasche und die qualmende Zigarette in einem Aschenbecher auf einem Couchtisch sehen. Wir hatten den Mittvierziger beim Fernsehvergnügen gestört. Aus dem Lautsprecher tönte die quäkende Stimme eines hektischen Sportreporters, der sich über ein Fußballspiel ausließ. Er sprach von einem unglücklichen Selbsttor, das gerade gefallen war. „Das war Künstler-Pech."

Ich konnte mir ein Schmunzeln nicht verkneifen. Selbsttor und Künstler-Pech waren die treffenden Umschreibungen für die Pleite von Junggeburth. Ich drängelte den verunsicherten Mann förmlich in das Wohnzimmer, wo er sich ächzend auf das Sofa fallen ließ.

Immer noch war Kehrens Schwager unfähig, ein Wort von sich zu geben. Auch wenn er versuchte, etwas zu sagen, es blieb beim unverständlichen Krächzen.

„Dann will ich es für Sie tun, Herr Junggeburth", schlug ich kumpelhaft vor und setzte mich in einen der beiden Sessel.

Böhnke war schweigend hinter mir hergegangen und stand, von Junggeburth unbeachtet im Türbogen.

„Herr Junggeburth, ich werfe Ihnen vor, Ihre Schwester Annegret Kehren ermordet zu haben", sagte ich mit strenger Stimme. „Ihr Schwager Ferdinand Kehren hat uns Ihre Tat bestätigt. Sie haben Ihre Schwester erschlagen, als Ihr Schwager die verletzte Frau allein lassen musste und sich bemühte, Hilfe für sie zu holen. Sie haben die Wehrlosigkeit Ihrer Schwester skrupellos ausgenutzt. Sie sind ein Mörder, Herr Junggeburth, und wollen Ihren Schwager dafür bluten lassen." Ich sah den Mann drohend an. „Aber das wird Ihnen garantiert nicht gelingen. Wenn es unbedingt sein muss, schleife ich Sie eigenhändig nach

Mallorca, wo man Sie einbuchten wird und Ihr unschuldiger Schwager frei kommt."

„Das stimmt doch nicht." Junggeburth hatte endlich die Sprache wiedergefunden und versuchte, sich zu wehren. „Sie vertun sich."

Insgeheim atmete ich auf. Endlich hatte ich den Kerl so weit. Er wollte reden und würde mir die Lösung liefern. Ich hatte mein Ziel erreicht.

„Das Ganze war Ferdinands Idee", sagte er hastig zu meiner Genugtuung. „Er hat Annegret umgestoßen und sie ist umgeknickt. Dann hat er ihr einen Stein an den Kopf geworfen und ist dann abgehauen. Ich bin dann erst aus meinem Versteck erschienen." Junggeburth griff hastig nach der Bierflasche und nahm einen kräftigen Schluck. „Ich weiß nicht, ob Annegret schon tot war. Ich habe jedenfalls so lange auf sie eingeschlagen, bis ich glaubte, dass sie wirklich nicht mehr lebt." Er wischte sich über den Mund und zündete mit zittrigen Händen eine neue Zigarette an.

Das juristische Problem, das Junggeburth wahrscheinlich unabsichtlich angesprochen hatte, war für mich im Moment zweitrangig: Wenn Annegret schon tot gewesen sein sollte, hatte er sie nicht mehr ermorden können. Das würde allenfalls in einem Strafprozess zu einem spannenden Diskussionspunkt werden. Jetzt wollte ich lediglich Klarheit darüber, wie das Drama tatsächlich abgelaufen war.

Das Motiv für die Ermordung von Annegret lag klar auf der Hand. Kehren und sein Schwager Junggeburth hatten bei einer Pleite mit einem gescheiterten Bauherrenmodell in den vergangenen Jahren viel Geld verloren und standen vor dem finanziellen Ruin mit drohenden Zwangsvollstreckungen und Lohnpfändungen. Das konnte ein angesehener Oberstudienrat ebenso wenig über sich ergehen lassen wie der Werkstattmeister in einem renommierten Autobetrieb. Kehren und Junggeburth hatten gehofft, sich durch die
beträchtliche Lebensversicherung von Annegret Kehren zu sanieren.

Junggeburth nickte ergeben. „Es war Kehrens Idee. Ich habe mitgemacht. Er wollte Annegret loswerden, wir beide brauchten das Geld."

Bald schon hatten der Kommissar und ich genügend Material, das wir brauchten, um Junggeburth in Untersuchungshaft nehmen zu können und Kehren in Palma schmoren zu lassen. Mit Böhnke rekonstruierte ich in meinem Stammrestaurant am Templergraben das Geschehen, das uns durch seine Einfachheit verblüffte.

Kehren hatte den Urlaubsort auf Mallorca ausgesucht, nachdem er sich mit seinem Schwager über die Ermordung von Annegret Kehren einig war. Am Tag, an dem sie sterben musste, kam Junggeburth vormittags nach Mallorca geflogen und fuhr mit einem Leihwagen, die es zuhauf am Flughafen gab, nach Cala Millor. Dort versteckte er sich und wartete zunächst, bis das Ehepaar Kehren das Hotel verlassen hatte. Kehren hatte die Zimmertür nur angelehnt, so dass Junggeburth dort im Wäscheschrank ein Handy deponieren konnte. Anschließend folgte er ihnen auf die felsige, menschenleere Halbinsel und wartete auf seinen Einsatz.

Als Kehren mit den Helfern zurück kam, war Junggeburth längst schon wieder auf den Weg nach Palma und erreichte sogar noch den Flieger zurück nach Düsseldorf. „Es gibt mittlerweile einen richtigen Liniendienst im Stundentakt nach Mallorca", klärte ich Böhnke stolz auf, der aber auf meine Erklärung nicht einging.

„Woher wusste denn Junggeburth, wann er nach Mallorca kommen sollte?", fragte er vielmehr.

Ich zeigte ihm die Telefonrechnung aus Kehrens Hotel, die Moreno beglichen hatte. »Darauf ist die vollständige Rufnummer angegeben. Am Tag vor der Tat hat Kehren seinen Schwager in Aachen angerufen." Er hatte ihn in dem Telefonat zum Kommen aufgefordert, wie Junggeburth uns bestätigt hatte.

Bei seinem Besuch hatte Junggeburth auch das Handy für Kehren mitgebracht, berichtete ich Böhnke weiter. Aus dem Telefonbuch hätte ich entnommen, dass Junggeburth gleich zwei der schnurlosen Dinger besaß, sagte ich ihm weiter. Innerlich klopfte ich mir noch einmal lobend auf die Schulter wegen meiner Intuition, Kehren nach einem Handy zu fragen. Er hatte das Pech, dass ich im Telefonbuch ausgerechnet auf den Namen Junggeburth stieß mit den beiden Rufnummern. Eine davon hatte Kehren aus seiner Zelle angewählt. Es war die Nummer, die sich auch auf der Hotelabrechnung befand.

„Jetzt beginnt eigentlich das Künstler-Pech von Kehren", meinte ich zu Böhnke, nachdem ich am Mineralwasser genippt hatte. „Kehren ist davon ausgegangen, dass die Polizei seine Schilderung über das Ableben von Annegret schlucken würde." Selbst ich hatte sie ja zunächst als glaubwürdig angesehen, doch dazu schwieg ich geflissentlich. „Der Hinweis auf eine Jugendbande sollte noch mehr den Verdacht auf andere lenken. Er wollte unschuldig erscheinen." Und war für mich auch unschuldig gewesen, räumte ich für mich ein.

Nur für den eher unwahrscheinlichen Fall, dass die Polizei ihn in Gewahrsam nehmen sollte, hatte Kehren sich das Handy kommen lassen. „Ein pedantisch genauer Oberstudienrat rechnet eben mit allen möglichen Eventualitäten", kommentierte ich wenig respektvoll.

Kehren schmuggelte das Gerät mit seiner Kleidung aus dem Hotelzimmer ins Gefängnis nach Palma, in das man nach der Erfahrung von Moreno bekanntlich sehr leicht herein, aber nur sehr schwer wieder hinaus kam, und telefonierte von dort unbemerkt bei Bedarf mit seinem Schwager.

„Er hat ihm exakte Anweisungen gegeben und ist nach einem raffinierten Plan vorgegangen, um den Verdacht von sich abzulenken", sagte ich.

„Aber warum hat er Sie eingeschaltet, Herr Grundler?", fragte Böhnke.

„Das war ein Teil seines Planes. Wenn ich bei der Ermittlung ermordet werde, so wollte er argumentieren, dann wäre das wieder ein schändliches Werk der meuchelnden Jugendbande gewesen, der ich auf die Schliche gekommen sei. Die Bande hätte mich ermordet, weil ich ihren Mord an Annegret Kehren aufgedeckt hätte." Kehren hätte auch noch mit einer Alternative aufwarten können, dachte ich mir. Mein Tod hätte ein stinknormaler Mord an einem Touristen sein können, aber auch dann hatte er wieder Argumente für seine Bandentheorie.

Ich wäre vielleicht auch auf die Theorie hereingefallen, wenn es nicht den Anschlag in Köln gegeben hätte. Diese Attacke ließ mich auf deutsche Täter schließen und führte mich schließlich mit der Telefonnummer auf der Abrechnung zum Fachmann Junggeburth. Der bedauernswerte Moreno hatte Kehren ungewollt über alle meine Schritte informiert, Kehren hatte daraufhin seinem Schwager stets neue Anweisungen gegeben und ihn immer wieder nach Mallorca fliegen lassen, um mich auszuschalten.

„Junggeburth konnte nicht anders, als den Anweisungen zu folgen. Er war einmal mitgegangen und konnte nicht mehr zurück. Mitgegangen, mitgefangen, mitgehangen."

Junggeburth flog im Shuttle-Dienst jeweils an den Wochenenden von Deutschland nach Mallorca und versuchte die verschiedenen Anschläge. Als sie alle scheiterten, versteckte er die Zeitbombe in Sabines Polo.

Kehren hatte noch eine weitere Spur gelegt, um von sich abzulenken. Sofort nach dem Mord an seiner Gemahlin ließ er Junggeburth nach der Rückkehr vom Flughafen aus bei der AZ anrufen. Er sollte, wie später bei den Boulevardblättern, behaupten, auf Mallorca würden deutsche Touristen von Jugendlichen ermordet und ein unschuldiger Tourist säße deswegen im Knast.

„Die ganze Sensationsberichterstattung in den Medien ist also im Prinzip von Kehren eingefädelt worden", sagte ich mit Unbehagen und Böhnke stimmte mir kopfschüttelnd zu.

Nur eines konnte Kehren nicht berechnen, das auch ich nicht verstehen konnte. Die mallorquinische Polizei hatte ihn mitgenommen ohne Beweise seiner Schuld, allein deshalb, weil sie ihm nicht glaubte.

Und sie hatte Recht gehabt. Wäre sie nicht so eigenwillig gewesen, hätte Kehren wahrscheinlich den perfekten Mord begangen.

Eigentlich aber, so meinte ich in der mir eigenen Bescheidenheit, hätte ich nur die Fakten richtig sortieren müssen und schon war der Fall gelöst.

Böhnke musste lachen. „Das ist doch immer bei Ihnen der Fall. Eigentlich brauchen Sie nur die Fakten zusammenzusetzen. Es ist alles ganz einfach."

Der Kommissar war zufrieden: Junggeburth und Kehraus saßen im modernen Gefängnis in der Soers, Kehren stand in Palma de Mallorca vor dem Richter, die ehemalige Aachenerin Maria Guillot wohnte wieder in ihrem kleinen Haus und der Tote aus dem Hotelzimmer war identifiziert. Der Kommissar konnte Verbrechen, die ihren Ursprung in Aachen genommen hatten, als aufgeklärt zu den Akten legen.

Die Verlierer waren Moreno und ich.

„Wer bezahlt mir das Honorar und die Spesen?", hatte der spanische Anwalt sich bei mir beklagt, als ich ihm klar machte, dass Kehren nahezu mittellos war. „Selbst für die Verteidigung von Menendez bekomme ich fast nichts", bedauerte er sich.

Ich hielt dagegen, dass ich meine Kosten für die Ermittlungen auf Mallorca auch aus der eigenen Tasche bezahlen musste, obwohl er mich verpflichtet habe. Normalerweise müsste Moreno mir Auslagen erstatten.

„Ich kann ja mit Ihrer gütigen Mithilfe versuchen, unsere mallorquinischen Abenteuer zu Papier zu bringen", schlug ich ihm vor. „Vielleicht findet sich ein Verlag, der sie veröffentlicht. Wir teilen uns dann das Honorar."

Kurt Lehmkuhl wurde 1952 in der Nähe von Aachen geboren. Nach dem Abitur und dem Studium der Rechtswissenschaften war er über 30 Jahre lang für den Zeitungsverlag Aachen tätig, zunächst als freier Mitarbeiter, danach als Redakteur und als Lokalchef in Erkelenz. Nach seinem Ausscheiden aus dem Zeitungsverlag Aachen arbeitet er als freier Journalist für zahlreiche Zeitungen und Zeitschriften im In- und Ausland.

Neben der journalistischen Tätigkeit ist Kurt Lehmkuhl schriftstellerisch aktiv. Seit 1996 werden seine Romane veröffentlicht, beginnend mit „Tödliche Recherche". Häufig stehen aktuelle Themen oder regionale Besonderheiten im Mittelpunkt seiner Krimis, etwa der Aachener Karlspreis oder die Braunkohletagebaue im Rheinland. Außerdem verfasst Kurt Lehmkuhl Reisereportagen und Kurzgeschichten, ist als Dozent für Kreatives Schreiben sowie als Moderator und Organisator von literarischen Veranstaltungen und als Herausgeber von Anthologien tätig.
Seine aktuellen „Böhnke"-Romane erscheinen größtenteils im Gmeiner-Verlag.

Die Reihe „Mörderisches Aachen" umfasst:

1. Tore, Tote, Tivoli
2. Ein Sarg für Lennet Kann
3. Blut klebt am Karlspreis
4. Die Aachen-Mallorca-Connection
5. Mörderische Kaiser-Route
6. Der Grenzgänger
7. Ein CHIO ohne Rasputin

Zur Serie „Tödliches Düren" gehören:

1. Tödliche Recherche
2. Tödliche Annakirmes
3. Tödliche Spritzen
4. Tödliches Vertrauen
5. Tödliches Roulette
6. Tödliche Mallorca-Träume

Als „Böhnke-Krimi" sind erschienen:

1. Raffgier
2. Nürburghölle
3. Dreiländermord
4. Kardinalspoker
5. Prinzenprinz
6. Fundsachen

7. Kohlegier
8. Weißgott
9. Böhnke und die Nächstenliebe
10. Marionettenspiel
11. Öcher Bend-Blues
12. Böhnke und das Endspiel

Weitere Romane sind:

1. Garudas Grüße
2. Kofferjäger

Zudem gibt es die Geschichtensammlungen:

1. Mörderisches Aachen
2. Der Manöverschaden

Von Reisen berichten:

1. Meine Welt: Mein Vietnam
2. Meine Welt: Mein Kirgistan
3. Meine Welt: Mein Kuba
4. Meine Welt: Mein Costa Rica

Anthologien sind:

1. Nachbarn unter sich/Buren onder elkaar
2. Blutroter Selfkant
3. Mörderischer Selfkant
4. Tödlicher Selfkant
5. Kunterbunter Selfkant
6. Kulinarischer Selfkant

(Die nach VHS-Kursen entstandenen Selfkant-Geschichtensammlungen haben als Benefizprojekt inzwischen einen Spendenertrag von rund 50.000 Euro für ein Hospiz erbracht.)